公務員、中田忍の悪徳 4

立川浦々
イラスト 棟蛙

koumuin, Nakata Shinobu no akutoku

JN018597

CONTENTS

DESIGN musicagographics

公務員、中田忍の悪徳4

立川浦々

イラスト　棟蛙

koumuin, Nakata
Shinobu no akutoku
characters

人物紹介

中田忍《なかたしのぶ》

主人公。区役所福祉生活課で
係長を務める地方公務員。

アリエル

中田忍の保護下にある謎の存在。
異世界エルフと呼ばれるが……？

直樹義光《なおきよしみつ》

中田忍の大学時代からの親友。
日本国内の野生動物を研究する
大学助教。

一ノ瀬由奈《いちのせゆな》

中田忍の部下を務める才媛。
保護受給者のケースワーカーを
担当している。

若月徹平《わかつきてっぺい》

中田忍の大学時代からの親友。
ホームセンターの
バイヤーとして勤める。

御原環《みはらたまき》

女子高生。エルフに興味を持ち
独自に調査している。

君の望むままに

第二十四話　エルフと会議は踊る

区役所福祉生活課支援第一係長、中田忍《なかたしのぶ》は、いくつかの悪徳を重ねている。

出所不明目的不明、正体不明の異世界エルフ、アリエルを、秘密裏に保護していること。

許されざるその保護に、親友たる直樹義光《なおきよしみつ》を、自ら巻き込んだこと。

追及を躱《かわ》し切れず、支援第一係の部下たる才媛《さいえん》、一ノ瀬由奈《いちのせゆな》を巻き込んだこと。

数奇な巡り合わせの結果、もうひとりの親友、若月徹平《わかつきてっぺい》と、その家族を巻き込んだこと。

さらには、エルフに興味津々の女子高生、御原環《みはらたまき》を巻き込むため、保護対象であるアリエルと未成年者の環自身の力を借りる、忍にとっての〝卑劣な手段〟を使ったこと。

忍はすべてを自らの罪だと考えていたし、その責もまた、自らが負うべきだと考えていた。

それでも、ひとときの安寧は得られたはずなのだ。

環の発想と機転により、アリエルの存在領域から事実上追放状態にあった直樹義光が戻り、協力者たちが一堂に会して、ささやかな宴席が設けられるはず、だったのに。

電源を抜かれたインターホンの呼出音が、誰《だれ》の耳にも鳴り響いた。

玄関に来訪者の姿はなく、代わりに残されていたのは、無記名の茶封筒。

さらなる不穏は、その中にこそ潜《ひそ》んでいた。


〝君の望むままに〟とだけ記された、名刺大のメッセージカード。

〝異世界エルフ〟たるアリエルの〝身分を証明する〟、日本国発行のパスポート。

アリエルを社会に自立させるため不可欠、されど存在しないはずの〝それ〟が、異世界エルフそのものと同じように、何ひとつ納得できる理由なく、中田忍《なかたしのぶ》へもたらされたのだ。


打ち寄せた新たな波紋が、忍から何を奪い、あるいは何を与えるのか。

その答えは、もうすぐ明らかになるだろう。

◇◆◇◆◇◆◇

一月三日水曜日、午後九時三十七分、中田忍邸。

すき焼きパーティーが催される予定だったダイニングテーブルでは、直樹義光《なおきよしみつ》、一ノ瀬由奈《いちのせゆな》、若月徹平《わかつきてっぺい》の三人が、一様に緊張した面持《おもも》ちで押し黙っていた。

その中心にいるべき中田忍は『確かめたいことがある』と言い残し、ひとり外出している。

ちなみに御原環《みはらたまき》も室内にいるが、ソファへ座ったアリエルに抱かれ、ご立派な異世界エルフおっぱいをその頭に載《の》せられており、実質的な行動不能状態であった。

既《すで》に研究者モードな環は色々喋《しゃべ》りたそうな気配を漂わせまくっていたものの、アリエルを不安にさせたくない思いから、敢《あ》えておっぱいの下敷きとなっているのだ。

なんとも優しい娘であった。

「……ノブが戻るまでは、とりあえず俺の仕切りでいいか？」

男気を見せ口火を切った徹平に、無言で頷《うなず》く義光と由奈。


状況は、不可解ながらも単純だ。

まずは忍の家へ、謎《なぞ》のパスポートが一通届いた。

名義は〝河合《かわい》アリエル〟とあったが、顔写真は間違いなくアリエルのものだ。

その直後、若月早織《さおり》から、夫である若月徹平へ『アリエルさん宛っぽい郵便物がうちのポストに届いてたんだけど、開けちゃって大丈夫だった？』との連絡が入る。

急いで帰宅した徹平が確認すると、無記名の封筒に〝河合アリエル〟名義のマイナンバーカードが入っていた。

事態を受け家に戻った義光、由奈、環の家にも、謎の郵送物が届けられていた。

由奈《ゆな》の住むマンションの集合ポストには、国民健康保険被保険者証。

義光《よしみつ》の住むアパートのドアポストには、実印と思《おぼ》しきご立派な印鑑と、印鑑登録証。

環《たまき》の住むタワーマンションの宅配ボックスには、帰化者の身分証明書……これにはご丁寧に、ドイツ連邦共和国から正式な帰化手続きを経て日本国籍を取得したことが分かるよう、手続き資料の写しまでもが一束添付されていた。

これら身分証類にも、すべて〝河合《かわい》〟あるいは〝河合アリエル〟の名が刻まれていた。

無論、こんな取扱注意の個人情報関係資料が、無記名の封筒で郵送されてよい謂《いわ》れはない。公の道理に合わない事態が起きていることは、誰《だれ》の目にも明らかであった。

郵送物は中田《なかた》忍《しのぶ》邸に集められ、ダイニングテーブルの上に広げられている。

徹平《てっぺい》は言葉を探すように視線を落としていたが、やがて諦《あきら》めたように顔を上げた。

「ここにある資料の通りなら、アリエルちゃんは元々ドイツ人で、去年の十一月十七日に日本へ帰化して〝河合アリエル〟になった……って話になるんだよな?」

邂逅《かいこう》騒ぎをよく知る義光と由奈は、顔を見合わせて首を横に振る。

「ドイツ人ってのはないね。忍以外で最初にアリエルちゃんと会った僕が保証する」

「十一月十七日って、忍センパイがアリエルを見つけた日じゃないですか?」

「あぁー、そうだったね。悪い冗談だよ」

「……じゃあやっぱこれ、偽造品《バチモン》ってことでいいんだよな」

落ち着かない様子で、マイナンバーカードを手に取る徹平。

厚みを確認したり、角度を変えて見たりしても、その真贋《しんがん》に見分けなど付かない。

「〝河合〟って名前もなんなんでしょう。少なくとも役所には、そんな名前の人いませんよ」

「大学の人力飛行機《トビケン》サークルにもいなかったね。実在の人物とは関係ないのかもだけど」

「結局、ワケわかんねえってことだよな……クソッ」

忌々《いまいま》しげに呟《つぶや》く徹平。

守るべき家族を持つ徹平は、傍にいたい思いを押し殺して、早織《さおり》と星愛姫《ティアラ》を粘り強く説得し都内のホテルへ避難させ、自らは状況の解明と把握のため、ここに戻ったのだ。

動揺も当惑も、無理からぬことであろう。

そんな徹平の様子に敢《あ》えて気付かないフリをしながら、由奈が徹平へ水を向ける。

「一応、徹平サンにも確認しておきたいんですが」

「俺？」

「ええ。写真のアリエルが着てる服、分かります？」

パスポートとマイナンバーカードには、アリエルの顔写真が印刷されている。

少なくとも由奈には見覚えがあり、恐らくは義光も覚えているであろう、その写真。

「……」

どや顔のアリエルが纏《まと》う、ジャージの内襟《えり》らしき、目の覚めるようなスカイブルーの布地。

そこへ縫い込まれた、デフォルメされた人力飛行機のロゴを確認し、徹平《てっぺい》は眉根《まゆね》を寄せた。

「……これ、トビケンのジャージじゃね？」

「徹平サンの見立てでもそうなら、間違いありませんね」

「は？　待てよ、なんだか知らんけど俺を論拠にすんな」

「自己評価下げ過ぎでしょ。そこは断言しとこうよ」

「しゃーねーだろ。この家に出入りしてる奴《やつ》ら、皆頭良いんだからよ」

「大丈夫だから。今回は頭関係ないから」

「……わーった。俺が保証する。写真のアリエルちゃんが着てんのは、トビケンで作ったジャージに間違いねえ。早織《さおり》がデザインして俺が発注した奴だから、バッチリ覚えてる」

ヤケクソ気味の徹平に頷《うなず》きを返し、義光《よしみつ》はパスポートへ指を滑らせる。

「この写真は、一ノ瀬《いちのせ》さんが撮ったものだと思う」

「……マジ？」

「徹平たちが来る少し前、アリエルちゃんがトビケンジャージ着てる画像を、グループトークにアップロードして貰《もら》ったことがあってさ」

「あのときは私が軽率でした。忍《しのぶ》センパイに指摘されて、送った画像データも自分のスマホの元データも、すぐに消したんですが」

河合　アリエル
個人番号カード
性別 女
JAPAN
PASSPORT

「だったら、なんでこんなモンにその画像が使われてんだよ」

「分かんないけど、そのグループトーク……っていうか、忍《しのぶ》や僕たちのネットワーク通信を誰《だれ》かが常に監視してて、使えそうな画像データを盗み取った、とか……？」

黙り込む徹平《てっぺい》。

その視線がほんの一瞬、自らに向けられていたことを、一ノ瀬由奈《いちのせゆな》は見逃さなかった。

「徹平サン」

「あんスか」

「今『この女なら、このくらい手の込んだ悪ふざけやるかもな』とか思いませんでした？」

「……思ったよ」

徹平は両目を閉じ、溜息《ためいき》のように吐き棄《す》てる。

「ヨッシーの言うような、デキの悪りぃフィクションレベルのスーパーハッカーが実在するって考えるより、一ノ瀬さんが実は画像を消さずにいて、ふざけてこんなモン作ったたって考えるほうがよっぽど現実的だし、起きうる出来事だと思ったよ」

「……」

「でも、今そういう言い方は止《や》めてくれ。なんつーか……我慢してんのが、馬鹿《ばか》らしくなる」

「すみません。でも、放っておけない類《たぐ》いの誤解です」

「……そうだよな。悪かった、一ノ瀬さん」

「いえ……こちらこそ、突っかかるような言い方でした。すみません」

苛立《いらだ》つ徹平に、どこか振る舞いのぎこちない由奈。

義光《よしみつ》も口を挟み切れず、渋面で黙りこくったままだ。

「……タマキー」

「大丈夫ですよ、アリエルさん。大丈夫、大丈夫」

「ダイジョブ」

環《たまき》の声色《こわいろ》が、場の雰囲気に不釣り合いなほど穏やかなのは、アリエルのためか。

それとも――

コンコン　コン

玄関からのノック音に、刹那《せつな》空気が張り詰めた、直後。

『俺だ。悪いが、誰か内鍵を開けてくれないか』

「……ちょっと待ってて、今行く！」

「俺も出るわ。一ノ瀬さんは環ちゃんたち見てて」

「はい。お願いします」

大人たちの反応は、あまりに緊張を孕《はら》んでいた。

忍《しのぶ》に成りすました何者かの来訪すら予見しながら、義光《よしみつ》と徹平《てっぺい》が、慎重に玄関扉を開くと。

「……どうした。随分と手厚い歓迎だな」

玄関扉の先にいたのは、普段通りの仏頂面《ぶっちょうづら》で片手に書類ケースを抱《かか》えた、中田《なかた》忍であった。

「やはりこの時季は冷えるな。雪下出麦《ゆきわたりてむぎいずる》とはよく言ったものだ」

どうでもいい、本当にどうでもいいことを呟《つぶや》きながら、リビングへと歩みを進める忍。

義光も徹平も刹那《せつな》呆気《あっけ》に取られたが、すぐに気を取り直して忍の後を追う。

「おいノブ、説明してくれよ。お前のことだから、もうなんか分かってるんだろ」

「忍も混乱……いや、暴走してるんだと思うけど、まずはちゃんと話し合おうよ」

「私の撮った画像が、パスポートとかの写真に使われてるみたいなんです」

「……忍さん」

「オカエリナサイ、シノブ!!」

家じゅうの知的生命体に包囲されてなお、忍に動じた様子はない。

気味が悪いほど普段通り、いや普段よりどこか楽しげに、書類ケースを開いている。

「皆、少し落ち着け。そうワッと詰め寄らなくてもいいだろう」

「これが落ち着いてられっかよ。みんなお前の帰りを待ってたんだぞ」

「ならば尚更《なおさら》これを見てくれ。大方の疑問は解消するだろう」

忍は一枚の書類を取り出し、ダイニングテーブルの上に置く。

徹平、義光、由奈《ゆな》に環《たまき》、ついでにアリエルがテーブルを囲み。

アリエル以外のメンバーが、揃《そろ》って怪訝《けげん》な表情になる。

「……これ、忍の住民票の写し？」

「ああ。俺自身のマイナンバーカードを使い、コンビニエンスストアで印字してきた。三が日の閉庁日、しかもこんな時間《午後九時過ぎ》まで手続きできるとは、便利な世の中になったものだ」

管轄区役所特有の書式の一番上、住民票の写しの〝世帯主〟欄には、中田忍の名が刻まれて。

そのすぐ下には、続柄〝同居人〟として、〝河合《かわい》アリエル〟の名が記されている。

無論、氏名の表記や生年月日などの記載情報は、他の身分証類の内容と一致していた。

「あの、忍さん」

「どうした、御原《みはら》君」

「話の腰を折っちゃってすみません。〝じゅうみんひょう〟ってなんですか？」

場違いに軽い調子で、首を傾げる環。

隣のアリエルがそれを見て、同じように首を傾げた。

かわいい。

忍の説明を阻《はば》み話を進めさせるべく、由奈が口を開く。

「お役所では、『管轄してる地域に誰《だれ》と誰が住んでいるか』を住所ごとに記録する、〝住民票〟っていう資料を作ってるの。それをまとめたものが〝住民基本台帳〟。管轄地域に住んでいる人は、自分の住所が確かにここにありますよ、って証明するときに、住民基本台帳から自分の住民票データを呼び出して、住民票の写しを公文書として受け取れる、って感じかな」

「え、じゃあそれって変じゃないですか？」

「何もかも変だと思うけど、何が？」

「だって住民票の写しは『住民基本台帳の記録を呼び出して作る』公文書、なんですよね」

「……そうだけど」

「じゃあ、この住民票の写しにアリエルさんの名前があるってことは、ですよ？」

「役所が厳重に管理している、住民基本台帳そのものが改竄《かいざん》されているのだろうな」

キメの結論を攫《さら》われた環《たまき》が忍《しのぶ》をムッと見上げたものの、文句までは口にしない。

由奈《ゆな》も環には構わず、忍へと疑問を投げ掛ける。

「アリエルの登録申請は、忍センパイがしたわけじゃないんですよね？」

「君も知っての通り、アリエルの存在は徹底的に秘匿《ひとく》している。ましてや住民登録を試みるなど藪蛇《やぶへび》もいいところだ。俺の知らぬ間に書き換えられていたと表現するほかない」

さもありなんと頷《うなず》き、眉根《まゆね》を寄せ思索に耽《ふけ》る由奈。

だがこれだけの説明では、当初の疑問が何ひとつ解決しない。

「本題はここからだ」

忍はダイニングテーブル上のパスポートを手に取り、ぱらぱらとめくる。

「住民票の写しが住民基本台帳の記録を呼び出して作られるように、どんな身分証にも大元となるデータベースが存在する。身分証は記録の一部を抜き出し、携帯できる形へ変えたものに過ぎない。故《ゆえ》にどれだけ精巧な偽造の身分証を作ったところで、記載内容と大元のデータベースを照合されれば、不正は即座に発覚するんだ。しかし――」

「住民基本台帳は、もう改竄《かいざん》されていいるんです」

絶妙なタイミングで言葉を被《かぶ》せてきた、御原《みはら》環である。

「だから送られてきた身分証類は、出所や作り方はともかく、実質的な本物になってる可能性が高い……ってコトですよね、忍さん？」

「……そうなる」

早速環から意趣返しを食らった形の忍だが、特に気を悪くした様子はない。

それどころか、かつてないほどに朗らかな表情で、アリエルに向き直る。

状況を理解しつつある徹平《てっぺい》たちが、かつてないほどに絶望的な表情でいると、知らぬままに。

「喜べアリエル。お前には何故《なぜ》か、この国にいられる身分が与えられていたようだ」

「シノブー!!」

むぎゅっ。

言葉の意味というよりも、嬉《うれ》しそうな忍《しのぶ》の意を酌《く》んだ様子で、大喜びのアリエルである。

節操なく抱き付いてくるアリエルを、忍も今回ばかりは咎《とが》めない。

思うさま抱き返し、頭を撫《な》でてやり、アリエルの擦り付きに身を任せる。

「宴席を設けたいところだが、未成年者もいることだし、この時間ではな。近いうちに予定を合わせ、後日改めて――」

「……止《や》めろ、ノブ」

「安心しろ、次もすき焼きだ。今日のものは処理しておくので、後日より良い肉で――」


「それが気休めのつもりかよ」


徹平《てっぺい》の一言で、静まり返る室内。

忍は怪訝《けげん》そうに眉根《まゆね》を寄せつつ、徹平に真正面から向き合う。

「すまない徹平。お前の言わんとするところが見えない」

「見ようとしてねえだけだろ。なんだお前さっきからその態度はよ」

「おかしかったか」

「おかしいだろ。1ミリも状況に合ってねえって、俺にだって分かるくれぇな」

「お前の突拍子もない言動にはいつも辟易《へきえき》させられるが、それが軽慮浅謀《けいりょせんぼう》の産物であると考えたことは数えるほどもない。しかし、今回ばかりはさっぱり理解できんぞ」

「止《や》めろ」

「何をだ」

「そのロクでもねえ誤魔化しだよ!!」

ついに大声を上げる徹平。

それは徹平自身の人間性に根差した、あまりにも剝《む》き出《だ》しの怒り。

義光《よしみつ》はそれを止めないし、止めようともしない。

義光は、忍の態度の理由についてほぼ確たる見当を付けていたし、徹平がここまで心を昂《たかぶ》らせている理由についても心当たりがあったが、それを義光から口に出したところで、忍と徹平が抱《かか》える想《おも》いを繋《つな》ぎ切れないと正しく想像できていた。

よって、この衝突そのものが必要だと理解し、敢《あ》えて口出しを止めている。

そして由奈《ゆな》もまた、一切の口出しをしない。

色を失った表情で、忍と徹平の衝突、いや徹平の一方的な突進を、ただ茫然《ぼうぜん》と見つめている。

その心に何が浮かんでいるのか、一ノ瀬《いちのせ》由奈以外の者には知る由《よし》もない。

あるいは、由奈自身にも分からないのかもしれないが。

「ノブは理解してんだろ。俺らの生活状況ぜんぶどころか、ネットの通信すら監視してる上に、役所だかパスポートのデータベースだか、なんでもかんでも自由に弄《いじ》れる、ハリウッド映画のラスボスみてえな未知の敵が現れたって現実を、俺らよりちゃんと理解してんだろ」

「その認識は誤りだ、徹平《てっぺい》」

「は?」

「必ずしも敵とは限らんし、現時点では俺たちに利する者とすら言える」

「そういう誤魔化しを止《や》めろっつってんだよ!!」

再び、徹平の絶叫。

考え込んでいた環《たまき》はその声に我を取り戻し、アリエルを宥《なだ》めるため、そっと手を握り。

アリエルは怯《おび》えるどころか、徹平を気遣うような視線で立ちつくしていた。

そして忍《しのぶ》自身は仏頂面《ぶっちょうづら》のまま、今言うべきことを淡々と口にする。

「国のデータベースを操作できるような相手に敵意があったなら、俺たちなどとうに存在ごと消されているだろう。それが攻撃を仕掛けるどころか、最大の懸案事項であった身分問題の解決手段を提供してきたならば、いっそ喜びと共に受け容れるほか、適切な対応などあるまい」

「……俺がビビってると思って、気ぃ遣ってんだろうけどさ」

徹平の語気が、ふと弱まり。

アリエルが手を伸ばそうとして、義光《よしみつ》と環に止められる。

「そりゃ俺は馬鹿《ばか》だし、頼りにされたってなんの役にも立たねぇかもしんねぇけどよ。俺だって妻子ほっぽり出して、ちょっとでも何かできることがねえかって、一緒に頭悩ませることぐらいはできんじゃねえのかって、腹くくってここに来てんだよ」

「……徹平」

「お前だって今回ばかりは、いよいよどうしようもないんだろ。どうしようもないからこそ、なんでもないことみたいに誤魔化そうとしてんだろ。そんで誰《だれ》も知らないトコでひたすら頭悩まして死ぬほど苦しんで、全部ひとりでなんとかしようとしてんだろ」

「徹平、俺は」

「違うんじゃねえの。こんなときだからこそ、周りを頼るべきなんじゃねぇの。俺だってヨッシーだって、一ノ瀬《いちのせ》さんだって環ちゃんだって、アリエルちゃんだっているだろうが」

「……」

「ノブに自信がねえなら俺が断言してやる。この場にいる誰ひとり、ノブの自己犠牲なんざ望んじゃいねえ。ノブと同じ目線に立って、ノブと同じ目線で悩みたいって思ってっから、ノブの傍にいるんだろうが。お前がそれを――」

「待ってください、徹平さん」

声の主は、御原《みはら》環。

環の声は決して大きくないし、強い調子でもなかったが。

次に放たれた言葉は、若月《わかつき》徹平の横面を精神的に殴り飛ばした。

「頼らせようとしてないのは、徹平《てっぺい》さんのほうじゃないんですか？」

「……は？」

怒気と、殺気すら孕《はら》んだ成人男性《てっぺい》の威迫を、正面から受け止める環《たまき》。

普段の環ならば、研究者モードで構えていたとしても怯《ひる》むところであろう。

しかし今の御原《みはら》環は、そういられるだけの自分を、既《すで》に持ち合わせていた。

「おかしいな、とは思ってたんですよね。皆さんにお会いする前、忍《しのぶ》さんから伺ってたお話とか、とっても仲良くされてた皆さんの様子と現状が、なんとなく噛《か》み合ってないっていうか、すごく不思議な感じだったんですが、今のお話を聞いて、ようやくまとまったっていうか……」

「ごたくは要らねえよ。ちゃんと聞くから、結論だけはっきり言ってくれ」

「……分かりました」

ふと気付くと、アリエルが環の手をそっと握ってくれていた。

御原環は、その手を握り返して顔を上げ、大人たちに向かってはっきりと言い放つ。

「全部、言葉通りなんじゃないですか？」

「……言葉通りって、なんだよ」

「忍さんは誤魔化してなんていないんですよ。言葉通り、見えない敵と思っていた何かがアリエルさんの身分を用意してくれたことを、純粋に喜んでいるんじゃないんですか？」

「だから、最初からそう言っているだろう」

いまいち話が見えない様子で、口元に手を当てる忍。

だが徹平はそれに反応するどころではないし、由奈《ゆな》は渋面を深めて視線を逸《そ》らしている。

そして義光《よしみつ》は、どこか気まずそうな雰囲気で、目を閉じて俯《うつむ》いた。

「私が忍さんと初めてお会いしたとき、忍さんは私をひどく警戒していました。後から聞いたら私のこと『異世界エルフとその関係者を密《ひそ》かに狙う、悪の秘密結社の一員かもしれないと考えて警戒していた』んだそうです。笑っちゃいそうですけど、笑えませんよね」

訥々《とつとつ》と語る環。

その表情には、些《いささ》かの迷いも浮かんではいない。

「未知の敵の脅威だの、謎《なぞ》の監視者の恐怖だなんて、忍さんにとっては今さらの話なんです。忍さんはアリエルさんを保護するって決めた時点で、既に外敵の存在を警戒していたんですから。徹平さんや皆さんにも、まったく覚えがないわけじゃないと思うんですが」

覚えなど、誰《だれ》の心中にも、いくらでもあった。

挙げればきりがない。

アリエルが現れた当初、日本エルフ研究省の存在をインターネット検索していた忍は、関係者がすべて消され、情報統制が掛けられている可能性を予見していた。

国籍の取得につき義光《よしみつ》と調べていたときには、通信の秘密を侵す敵が存在する可能性にも言及し、自分が命を落とす前提を立ててまで、アリエルの保護を案じていた。

由奈《ゆな》や徹平《てっぺい》たちに異世界エルフの存在を知らしめたのは、あくまで不本意な事故、あるいは己自身の罪だと譲らず、巻き込んだことを度々悔いていた。

落書き事件を話し合ったときなどは、『異世界エルフを狙う組織の存在を危惧《きぐ》している』と明言したにもかかわらず、徹平たちのほうがまともに取り合わなかった。

「私自身、仲間に入れて頂くこと自体を猛烈に拒否されましたし、家族へ危険が及ぶ可能性についてもはっきり警告されました。だから私自身は忍《しのぶ》さんのお話を額面通りに理解できましたし、まったくその通りだなあ、良かったなあと思って、安心してます」

「……だったら環《たまき》ちゃんは、そこまでのリスクがあるって理解しててなお、ノブとアリエルちゃんの協力者へ名乗り出て、アリエルちゃんと友達やりたかったたっつーのか」

「？　もちろんです」

「……なんで、そんな……」

「私は、ずっとずっとずーっと、私の人生すべてを賭《か》けてでも、エルフに会いたかったんです。そんな私の理想のエルフより、もっと素敵なアリエルさんのお友達になれるんですよ。謎《なぞ》の敵がいるかもしれないね、程度のリスクなんて、ちっとも怖くありませんでした」

笑《え》みさえ浮かべながら語る環に、徹平は絶句するほかなかった。

忍と会ってまだ数日だというこの少女は、徹平が今まで気付かずにいた、あるいは目を向けようとしなかった現実を、あまりにも正しく受け止めて、徹平の鼻先へちらつかせている。

「徹平さんを責めてるわけじゃないんです。今日、ほんの少し一緒に過ごさせて頂いただけですけど、徹平さんや仲間の皆さんが、忍さんのことを本気で気遣ってるのは、私にも……」

「……もういい。分かった」

「えっ？」

徹平がようやく絞り出した、か細いうめきのような返答に、環は刹那《せつな》戸惑う。

「今回の件は元々ノブの想定の範囲内で、むしろそれがいいほうに転んだ結果で、大騒ぎする必要なんて最初っからなかった。俺はリスク自体に気付いてなかったクセに、訳知り顔でノブに食って掛かった、とんだ大馬鹿《ばか》野郎だったたってことだよな」

「……それは」

「そういう話だろ」

ここで環はようやく、自らの振りかざした正論の鋭さと、切り裂いた傷の深さを思い知る。

仕方のない話だろう。

年齢不相応に頭が回ろうと、所詮《しょせん》御原《みはら》環は子供である。

生来よく回る頭の回転に加え、正論を振りかざす度胸を身に付けようと、その刃《やいば》でどれだけ相手を傷つけるか、考えられる経験を持ち合わせていなかった。

「あの、徹平《てっぺい》さんすみません、私っ」

「……いや、今の言い方も不貞腐れてんな。環《たまき》ちゃん、悪かった。そんで、ありがとな」

「徹平さんっ!!」

「御原《みはら》さん、もう止《や》めよう」

当惑し、徹平に縋《すが》り付かんとする環を、義光《よしみつ》が遮《さえぎ》る。

「だって直樹《なおき》さん、私今、徹平さんにすごく酷《ひど》いことを」

「いいから、大丈夫だから。ね？」

諭《さと》すように、しかし有無を言わせぬ強さを秘めた義光の言葉に、環も勢いを失う。

由奈《ゆな》は未《いま》だひとり、呆然《ぼうぜん》と目を逸《そ》らしたまま。

そんな周りの反応を見て、ようやく忍《しのぶ》は状況を悟り、目頭を押さえて呟《つぶや》く。

「……俺はまた、何かを間違えたようだな」

「……アウー」

突如すべてを与えられた異世界エルフ、河合《かわい》アリエルは、不安げに肩を落とした。

◇　◆　◇　◆　◇　◆　◇

少し後。

『帰る前に、ふたりだけで話したい』という徹平へ、忍がエントランスまで同道しているとき。

先を行く徹平が、口を開いた。

「……なんつーか、ごめんな」

「誤解が解けた今、詫《わ》びるべきは俺だ。事態を呑《の》み込んだ上での協力だと誤解していたとは言え、守る家族がいるお前を、命の危険すらある謀《はかりごと》に巻き込んでしまい、すまなかった。俺にできうるすべての手段で贖罪《しょくざい》すると誓おう」

「よせよ。ノブにゃ散々説明されてた話を、俺がスルーしてただけだろ」

「しかし、」

「むしろ止《や》めてくれ。ノブが頭下げる度、俺のダメなトコ突っつかれてるみたいで、キツい」

「……分かった」

後を歩く忍から、先を歩く徹平の表情は見えない。

仮に見えたとしても、互いに見ない振りをしただろうが。

「ノブたちに会えなかったら、俺も前向きになれないままだったし、遠からず家庭もブッ壊れてた。アリエルちゃんと関わったこと自体に後悔はないし、すべきでもねぇと思ってる」

「お前は昔から土壇場にこそ強い奴《やつ》だったし、良い仲間に恵まれる才能のある男だ。俺たちが手助けせずとも、自力でどうにかしていたんじゃないか」

「おま、そこは肯定しとけよ。俺が『あぁなんだ、じゃあやっぱアリエルちゃんと関わるんじゃなかった。ノブ許せねぇ』とか考え始めたらどうすんだ」

「それもまた俺の罪だ。背負うほかあるまい」

「……まあ、ノブならそんな風に言うんだろうな」

エントランスを出ても、徹平《てっぺい》は忍《しのぶ》に振り向かない。

寂しげにも、苦しげにも聞こえる声色《こわいろ》だけが、徹平の心を映していた。

「薄情だよな、俺」

「なんの話だ」

「あんだけノブに啖呵《たんか》切って、もっと頼れよなんつったクセによ。結局ノブにケツ拭《ふ》かせて、自分《テメエ》は家族が心配だからとか言い訳して、いのイチに尻尾《しっぽ》巻いて逃げ出そうとしてんだぞ」

「お前の助力は心強いし有難いが、家族を案ずるお前を巻き込み続ける状況は、俺にとって強い心理的負担でもあった。敢《あ》えてここで手を離し、家族のケアに集中してくれると言うなら、それは俺への合理的な援助だ。薄情と揶揄《やゆ》される謂《いわ》れは、何処《どこ》にもないはずだが」

「……それ、ノブなりの気遣いなんだろうけどさ。責めてくれたほうがまだマシだわ」

「ただの事実だ。責める必要性も見当たらない」

「うっせーな。ガチガチに詰められてブン殴られるほうが、スッキリすることもあんの」

朴念仁《ぼくねんじん》で機械生命体の忍も、旧知の友人である徹平の物言いには、ある程度理解が及ぶ。

徹平が家族のため、異世界エルフから手を引くことに罪悪感を覚えているというのなら、徹平の望むように罵倒《ばとう》するなりブン殴るなりして、送り出してやればいいのだ。

だが厄介なことに、彼は中田《なかた》忍である。

相手の心の満足よりも、まずは自分の倫理観を納得させなければ、考えを行動に移せない。

「徹平」

「……おう」

「俺は若月《わかつき》徹平という人間性を認め、一種の憧憬《しょうけい》を抱いている」

「……はい？」

予想外の言葉に、思わず振り向いてしまう徹平。

直前の表情は分からないが、振り向いた徹平は顔面全体で困惑していた。

「俺は自分の感情や考えを、お前のように表へ出せない。俺が最初からお前のように自分自身を表現できていたなら、今日のようなトラブルは起きなかっただろう。俺と異なる人間性を持つお前が助力を申し出てくれて、俺は本当に頼もしいと感じていた。お前はもっと頼れと言うが、俺は最初からずっと、お前を頼りにしていたつもりだ」

「……」

「俺はお前を頼りにしているが、お前の生活を侵したくはない。だから俺はこれ以上、お前やお前の家族を、異世界エルフの保護に関わらせたくない」

「そんなん卑怯《ひきょう》だろ」

「何がだ」

「俺が逃げ出すんじゃなくて、あくまでノブの希望で追い出す、ってことにするのかよ」

「事実だ」

「……そうかい」

重い息を吐き、自嘲《じちょう》気味に微笑《ほほえ》む徹平《てっぺい》。

忍《しのぶ》もまた、普段通りの仏頂面《ぶっちょうづら》で向き合う。

「ちょっとだけ……整理する時間、くんねぇかな」

「整理とは」

「どうするのが一番いいか、俺なりに考えてみたい。すぐに結論出せる話じゃねぇからさ」

「……そう、だな」

歯切れ悪く、絞り出すように答えを返した忍。

徹平はその様子に気付かないフリで、再び忍へ背を向けた。

「……ノブが俺の人間性に憧《あこが》れてる、っつーならさ」

「ああ」

「たまには、俺みたいにやってみりゃいいじゃん」

「簡単に言ってくれる」

「簡単だからな。そういうのが嬉《うれ》しいって奴《やつ》も、世の中には結構いるし」

「疑うつもりはないが、俄《にわ》かには信じがたい話だ」

「本当だよ。俺が保証する」

「頼もしいな」

「おう」

にんまりと作り笑いを浮かべる、若月《わかつき》徹平。

「悪《わ》りぃけど、ヨッシーと一ノ瀬《いちのせ》さんには、適当に謝っといてくんねえかな。環《たまき》ちゃんとアリエルちゃんには、怖い思いさせて悪かったって、ちゃんと伝えといてくれると助かる」

「約束しよう」

「ん」

短い返事を返し、徹平は歩きだす。

「じゃ、またな」

「……ああ、また」

絹糸の如《ごと》き口約束を残し、去ってゆく徹平を、忍はただ見送るほかなかった。

第二十五話　エルフと瓶の底

パスポート騒動から五日後、一月八日月曜日、午前九時二十五分。

仕事始めから週末を挟み、そろそろ社会が動き始めるこの日、支援第一係長中田忍《なかたしのぶ》は、ケースワーカーたる一ノ瀬由奈《いちのせゆな》の面談に付き添い、由奈の担当保護受給者宅を回っていた。

福祉生活課の慣例として、一月中は係長職が各ケースワーカーに付き添い、来庁の難しい保護受給者宅を訪れ、生活状況を直接確認するのだ。

とはいえ、支援第一係においては『年の初めからガッツリ面談入れたくない』『せめて中旬くらいまでは、去年から残ってる事務仕事を消化させて欲しい』『根本的な話、中田係長《ナカチヨウ》とツーマンセルとかほんと無理』などという考え方が支配的で、この時期にバリバリ面談を入れるようなケースワーカーは〝優等生〟一ノ瀬由奈くらいのものだ。

必然この日は、忍と由奈がふたり連れ立って、外回りに臨むこととなるのであった。

●保護受給者：彦根《ひこね》サタ（九十一歳女性）
配偶者を亡くした無年金高齢者。全親族が扶養を拒否したため、保護受給に至る。

「彦根さん、お久しぶりです。お身体《からだ》のほうは如何《いかが》ですか」

「イカガ？　じゃねぇらおまナカタおまぶっからあああえええあ」

「もう、彦根さん。中田が久々に来るぞって、楽しみにされてたじゃないですか」

「っせあイチノセぁ！　ナカタお前、ズルしてるの捕まえるからオレの担当外らえあああえあ」

「ええ。今日は年始のご挨拶《あいさつ》に伺っています。すぐに本来業務へ戻りますよ」

「しっかりやらんぁおめぇーよ。っからオレぁイチノセならん小娘くるるるるぁ」

「一ノ瀬は、私が信頼を寄せる優秀な部下ですし、私自身も都度訪問こそしませんが、彦根さんの生活をお手伝いできるよう、気を配っているつもりでいます」

「だぁらオレはいーから、おめぇーはおめぇーでしっかりやれってゆってんだあ」

「ありがとうございます」

「私も力を尽くしますので、今年もご指導ご鞭撻《べんたつ》のほど、お願い致します」

「ねぁー」

●保護受給者：高城《たかぎ》翔真《しょうま》（三十九歳男性）
いわゆる〝ひきこもり〟生活を二十年あまり続けるうち、両親と死別。保護受給に至る。

「高城さん、おはようございます。中田とふたりで、新年のご挨拶に伺いました」

「……すみまへ、すみません……すみません。中田《なかた》さんまで……わざわざ」

「謝られる謂《いわ》れはありませんよ。私からお願いしている、調子の良いときに来庁頂く約束は果たしてくださっているでしょう。私が来たのは当てこすりではなく、純粋なご挨拶《あいさつ》です」

「……っス」

「あ、高城《たかぎ》さん。あの件、是非ご自身の口から、中田に話してあげてください」

「えっ……一ノ瀬《いちのせ》さんから……中田さんにへぁっ……あの……」

「直接聞かされたほうが喜ばれますって。さ、高城さん」

「あぇあ……」

「……」

「……」

「……今年四十なんで……さすがに……ヤバ……き、危機感、が、勝った……勝ちまして」

「ええ」

「…………今年から……職ぎょ、う、訓練……う、け、たいと」

「素晴らしい」

「……っス」

「……中田係長、それだけですか?」

「楽なばかりではない道だ。本当の称賛は、やり遂げた後に取っておきたい」

「……すみません。私は初め聞いたとき、大喜びしてしまいました」

「励まし方は、人それぞれで良いだろう……ともあれ、マイナスな視点から自身を客観視することは、誰《だれ》にとっても難しいものです。その勇気に見合う結果が掴《つか》めると良いですね」

「……っス」

「就労訓練の関係でも、何か気になることがあれば、一ノ瀬に遠慮なくお尋ねください」

「保護の関係に比べて、できることは限られますけど……可能な支援を検討しますね」

「……中田さんは」

「一ノ瀬からも報告を受けますし、来庁頂いた際は、昨年中と同じように面談しますよ」

「……ありがとうございます」

「いえ。新年の決意、陰ながら応援させて頂きます」

●保護受給者・樋口《ひぐち》みどり（三十六歳女性）
不妊治療の末に双子を授かったが、夫婦関係が悪化、離婚。養育費が滞り保護受給に至る。

「福祉生活課支援第一係長として、現段階での樋口さんの復職は承服致しかねます」

「だぅー、だぅー」

「あかてぁ……にゃう、にゃう、にゃう、ひぃぃー、あーげらにゃう」

「……一ノ瀬《いちのせ》さんだけじゃなく、中田《なかた》さんまでそんなことを仰《おつしや》るんですね」

「一ノ瀬には情報を共有するよう指示していますし、一ノ瀬へ樋口《ひぐち》さんに復職を勧めないよう指示したのは私です。状況を総合的に勘案すれば、今は保護を受け続けるべきでしょう」

「失礼ですが、中田さんも一ノ瀬さんも、民間企業へお勤めになった経験はないんですよね」

「学生時代にアルバイトをしたきりですね。一ノ瀬君はどうだったか」

「正社員としての就業経験は、ありません」

「だからですよ。だからそんな、無責任なことが平気で言えるんです」

「無責任……と、仰いますと」

「あぇあぇあぇあぇ……ああーぅ」

「ひんっ……んふっ、あーげらにゃうあーげらにゃう」

「営業職ってナマモノなんですよ。新しい商品の情報にニーズの変化を毎日毎夜逐一把握して、足を運んでお客様に顔を覚えて頂いて関係性を築いて信頼して頂いて、初めて話を聞いて貰《もら》えるチャンスを得られるんです。ブランクが空けば空くほど、知識も経験も話術も陳腐化するし、お得意様は他所《よそ》に流れてしまうんです。そうなったらもう復職したって仕事になんてならない！　居場所なんてなくなるんです！　どうして分かってくださらないんですか!!」

「樋口さん、以前にもお話しさせて頂いたことですが……」

「一ノ瀬君、今はお話を伺おう」

「……すみません」

「いいじゃないですか遮《さえぎ》らなくても。また実のないお説教をなさるつもりなんでしょう⁉」

「何故《なぜ》、実のないお説教と言い切るのですか」

「民間企業のイロハが分からない公務員の方に、私の悩みを理解頂けると思えないからです」

「民間企業のイロハは存じませんが、就業キャリアと育児を含んだ私生活のバランスを調整し切れず、生活そのものを崩壊させたシングルマザー世帯の実例はいくつも把握しています。この分野に関しては、私たちプロフェッショナルの提案を信用頂きたいと考えます」

「……仕事と育児の両立、私には無理だって仰りたいんですか？」

「お話を伺う限り、樋口さんの復職先は、樋口さんの育児環境を十分にサポートできるだけの制度や設備を備えていません。加えて、お子さんが初子かつ双子で、樋口さんには親族など、制度外で頼れるサポート先がない。行政の支援込みでも、今後の育児は厳しいはずだ」

「じゃあこのまま私が復職できなくなったら、中田さんが責任取ってくれるんですか？」

「取りませんし、取れません。復職を先送りにするよう、強制できる立場にもありません」

「だったら！」

「しかし警鐘は鳴らせます。今のまま復職すれば、樋口さん自身の健康かお子さんの生活、どちらかに悪影響が出るのは明白です。せめて、お子さんが長時間保育に堪《た》える月齢へ達するまでは保護を受給し続け、生活基盤を固めるべきだ」

「中田《なかた》さんあなた公務員でしょう⁉　保護受給者の私が自立のために頑張りたいって言ってるのに、どうして邪魔するようなことばかり言うんですか!!」

「私の責務は保護受給世帯の健全な生活、その先にある確かな自立を促すことです。そのために必要な保護費なら、いつまでも、いくらでも受け取って頂くべきだと考えています」

「ざけんな！　あんたに私のみじめな……みじめな気持ちなんて分かりゃしないくせに!!」

「分かると言ったら嘘《うそ》になります。しかし、背負わねばならないのではありませんか」

「ひぇ、あま……うぁー」

「あーげらにゃ、あーげ、ま、ままー、ままー」

「……」

「孤独な育児へ縛られる閉塞感は、冷静な判断能力を奪います。勤務時間に融通の利《き》く別業種への転職ですとか、短時間の一時保育施設の利用なども視野に、まずは現実的なプランを組みましょう。私も一ノ瀬《いちのせ》と情報を共有し、できることを考えます」

「及ばずながら、お力添えできるよう努力します。今後もお話し、させてください」

「……」

「うぁ、まま、ままー」

「ままー、ままー」

「……っぐ、ぐすっ、うぐっ……ひぐっ……」

◇

◆

◇

◆

◇

◆

◇

一月八日、午前十一時四十三分。

午前中の面談予定を消化した忍《しのぶ》と由奈《ゆな》は、バス停のベンチに座っていた。

「……」

「……」

年明け間もない平日の昼下がり、港の巨大なふ頭から少し内陸に入った住宅街。

次のバスまではまだ暫《しばら》く時間が空くこともあり、ふたりの他にバス待ちの客はいない。

そのためか、由奈も〝優等生〟の仮面を外した様子で、忍の胸元を無遠慮に見つめている。

「どうした、一ノ瀬君」

「……忍センパイ、スーツ着てるなぁって思ってただけです」

「そうか」

忍は普段通りに濃いグレーのスーツを纏《まと》い、その上からまるで殺し屋のように真っ黒いトレンチコートを羽織っている。

特筆すべき事項として、忍は首元からネクタイを外し、シャツの第一ボタンを開けていた。

「ネクタイ外すくらいなら、普通にオフィスカジュアルで来ればいいいじゃないですか」

「スーツ文化を崇拝するつもりはないが、これらフォーマルな服装は、善良な保護受給者には安心感を、悪意ある不正受給者には緊張と威圧を与えるものだ。俺たちに許された数少ない武装《アドバンテージ》を、みすみす手放すつもりはない」

「アロハシャツ着ようがアノラック着ようが、忍《しのぶ》センパイの威圧力はいくらも落ちませんよ」

「恐縮だ」

ちなみにアロハシャツは風通し良く動きやすい、起源には日本文化も関わっていると噂《うわさ》される襟《えり》付きシャツのことで、アノラックはアラスカの先住民《イヌイット》が着ている、もこもこフード付きの見るからに暖かそうな例の上着である。

ファッション関係には興味も縁も意欲もない中田《なかた》忍ではあったが、こうした雑学的要素を含む単語は結構知っていた。

「……」

「……」

そして、沈黙が訪れる。

一月三日の夜、当惑する環《たまき》を宥《なだ》めつつ解散して以来、初めてゆっくり話せる機会。

交わすべき言葉はいくらもあり、故《ゆえ》に切っ掛けを探している、そんな状況で。

先に口を開いたのは、一ノ瀬由奈《いちのせゆな》だった。

「……徹平《てっぺい》サン、どうなったんですか？」

「今後の協力について、暫《しばら》く考えさせて欲しいと言われたよ。一ノ瀬君にも適当に謝っておいて欲しいと依頼されている」

「それ、言われたとおりに伝えてる感じですか？」

「概《おおむ》ねそうなる」

「バーカ」

「……君を気に掛けていたのは本当だ。驚かせただろうが、悪く思わないでやって欲しい」

「思いませんよ。少し状況が違えば、あの場で怒鳴ってたのは私だったかもしれませんし」

「……何故《なぜ》だろうか」

「忍センパイが、そういうことを訊《き》くような人だからですよ。ばかばかばーか、愚か者」

「愚かな俺の話はいい。それより君の話だ」

「はあ」

「君にも両親や家族が、守りたい生活があるだろう。手を引く考えはないのかと訊いている」

「インターネットや国のデータベースを操れる、謎《なぞ》の監視者なんでしょう。徹平サンには気の毒ですけど、今さらどうこう慌てたって、見逃してくれるとは思えません」

「……すまない」

深く頭を下げようとする忍に被《かぶ》せ、由奈は早口で言葉を続ける。

「第一、最初に言ったじゃないですか。『興味本位でお邪魔する』って」

「言っていたな」

「興味本位の見物人に、退《ひ》くも進むもないでしょう。私のことはおかまいなく」

由奈《ゆな》は忍《しのぶ》の目を見ないまま、バス停の庇《ひさし》からのぞける空をじっと見つめている。

じっと向き合っていたところで、由奈の本心など、忍に読めるはずもないのだが。

「俺が巻き込んだ義光《よしみつ》や、自ら踏み込んだ御原《みはら》君とは違い、君は不幸な事故の被害者だ。君の考えがどうあろうと、今後は可能な限り、君に頼る機会を減らすつもりでいる」

「……私は別に構いませんが、アリエルは寂しがるかもしれませんよ」

「俺が対処すれば済む話だ。君に心労を掛けるつもりはない」

「……そうですね。忍センパイがいいなら、それでいいんじゃないですか」

「本当にそうか」

「何がです」

「君の話しぶりから察するに、どこか含みを感じるんだが」

「忍センパイのくせに、察するだの感じるだの口にしないでください。流石《さすが》に生意気ですよ」

「……」

言葉を失う忍を尻目《しりめ》に、由奈が続けて口を開く。

「そう言えば、環《たまき》ちゃんが持ってた謎《なぞ》の布って、アリエルの羽衣《はごろも》だったんですね」

「アリエル本人がそう言ったわけではないが、着せた様子を見るにそのはずだ」

「似合ってました？」

「例のエルフ服によく合った。羽衣を纏《まと》ったアリエルは、別人の如《ごと》く神秘的だったよ」

「へぇ」

普段通り。

あまりにも普段通りに交わされる検討、情報交換、あるいは他愛《たわい》のない雑談。

その中から由奈の真意を量ろうと、忍が知恵の歯車を回している最中。

由奈の放った一言が、忍の回転を刹那《せつな》止めた。


「まるで、かぐや姫みたいですね」


「かぐや姫とは」

「？　はい。流石にご存じですよね？」

「……」

言葉に詰まる忍。

いくら忍が中田《なかた》忍であるとはいえ、いや中田忍だからこそ、一般に語られる〝かぐや姫〟について、まったく知見がないわけではない。

それは、遅くとも平安時代頃《ごろ》には成立したと言われる、古い古い〝物語〟。

竹を採って暮らしていた翁《おきな》、讃岐造《さぬきのみやつこ》が、光る竹の中に小さな女の子を見つける。

女の子は〝なよ竹のかぐや姫〟と名付けられ、美しい娘へと成長する。

方々の名のある男たちの求婚を悉《ことごと》く退け、ついには時の帝にまで見初《みそ》められる。

帝とかぐや姫はひとときの心を通わせるも、月からの使者がかぐや姫を迎えに来る。

使者に誘われ、かぐや姫は月へと帰るが、帝への置き土産《みやげ》として〝不死の薬〟を残した。

だが、帝は二度と戻らぬかぐや姫を想《おも》い続け、『彼女のいないこの常世《とこよ》で、生き永らえる意味などあるはずもない』と儚《はかな》み、不死の薬をある大きな山の火口へ投げ棄《す》てた。

後の世の人々によって、不死の薬を抱いた山は〝ふしの山〟＝〝富士山〟と名付けられ、その煙は今も空へ昇っているのだ……と結ぶ、無常観漂う御伽噺《おとぎばなし》であったはずだ。

しかし。

「すまない。俺の知識と判断に鑑《かんが》みて、羽衣《はごろも》を着たアリエルとかぐや姫の相関性が見えない」

「何言ってるんですか。かぐや姫って言ったら天の羽衣じゃないですか」

「十二単《じゅうにひとえ》の間違いではないのか」

「……あぁそっか、すみません。忍《しのぶ》センパイ、神奈川《こっち》の出身ですもんね」

「その通りだが、関係があるのか」

「竹取物語の舞台そのものは、奈良県とかあっちのほうらしいんですけど、ラストで帝が富士山に不死の薬棄てるじゃないですか。だからある意味静岡も聖地なんで、小中学校の授業で結構詳しくやったり、社会科見学でソレ系の資料館とか行ったりするんですよね」

理解に支障をきたさぬよう改めてここに記すが、忍は神奈川県出身者で県内に実家があるものの、実家との交流を途絶させ、独り（＋異世界エルフ）暮らしをしている。

由奈《ゆな》の実家は静岡にあり、大学入学を機に東京都内で独り暮らしを始め、神奈川県内の区役所へ就職したのを機に県内へ引っ越し、現在に至っていた。

「竹取物語って、〝かぐや姫〟として絵本になったり、漫画とかアニメにされたりする中で、変に中身を足されたり引かれたり、だいぶマイルドに改変されちゃってるんですケド。求婚してきた相手に無理難題を突き付けて破滅させたり、結構きついお話なんですよね」

「分からんな。本来の〝竹取物語〟には、羽衣を着たアリエルを想起させる記述があるのか」

「アリエルっていうより、羽衣です」

「ほう」

「月の住人にとって、地上は穢《けが》れた場所なんですよ。でも地上で長く暮らして、人々と縁を結んだかぐや姫は、地上に愛着を持ってしまったんです。帰りを嫌《いや》がるかぐや姫に、月の使者は天の羽衣を着せて、かぐや姫の記憶そのものを消し去ろうとしました」

「……」

「『物思いもなくなりにければ』って表現だったかな。かぐや姫は天の羽衣を着せられた瞬間、嘘《うそ》みたいに大人しくなって、そのまま使者と一緒に月へ帰っちゃったんですよね」

忍《しのぶ》の脳裏に、アリエルが完全体異世界エルフ《パーフェクトアリエル》と化したときの場面が浮かぶ。

忍のために涙を流したアリエルが物思いをなくしているとは、とても感じられなかった。

忍が思案に耽《ふけ》るうち、由奈《ゆな》は自らのスマートフォンを操作し、忍へと差し出す。

映し出されているのは、インターネットの検索結果。

「『羽衣《はごろも》を着た天女が空から降りてくる』っていうモチーフのお話は、日本どころか世界中、いろんなところで伝わってるみたいですね。現地の男と子供を作ったり、面倒見てくれた人に恩返ししたりして、最終的には空に帰っちゃうパターンが多いみたいですが」

「水浴びをする天女の羽衣を近所の農民が盗み出す昔話なら、俺も聞いたことがある。エルフの羽衣は雑木林の枝に引っかかっていたと言うし、相関性が皆無とは言い切れんな」

「あくまで仮定、っていうか、似てるだけって言われたらそれまでですけどね」

「俺の家の近くに、そういった話が伝わってはいないか」

「ぱっと見はなさそうです。神奈川県内だと……江《え》の島《しま》の天女伝説が有名なのかな？」

「……そうか」

忍の住む地域から江の島までは、直線距離でも15キロ近く離れている。

この距離を遠いと見るか、空飛ぶ天女からすれば誤差だと言い切るかは、微妙なところだ。

「結果的にアリエルが異世界エルフではなく、別に帰る場所があるというなら、それもいいだろう。俺が社会に送り出すか、在《あ》るべき形に還《かえ》って貰《もら》うかの違いだけだ」

「本気ですか？」

「ああ。パスポートの送り主、謎《なぞ》の監視者とやらも、アリエルへ〝君の望むままに〟と記していた。アリエル自身に身の振り方を選ばせたいという、俺の方針にも正しく沿っている」

「……忍センパイ」

「なんだろうか」

「アリエルを追い出したら私たちが安心するんじゃないか、とか、考えてませんよね？」

「君には話していなかったか。元より、異世界エルフ保護の最終目的は『自身の存在を公表するか否《いな》か選べる程度の知識、あるいは自ら食い扶持《ぶち》を稼げる程度の能力を身に付けさせ、自立させて社会へと送り出す』ことだった」

「……」

由奈の表情が、あからさまに曇った。

「嘘《うそ》やごまかしなどではない。異世界エルフ《アリエル》との邂逅《かいこう》の日、義光《よしみつ》へそのように伝えている」

「分かってますよ。だからこその反応なんですけど」

「ふむ」

「忍センパイはアリエルが現代社会に独り立ちできるって、本気で思ってるんですか？」

「各種インフラが整備され、政局は一応の安定を見せ、治安、医療、教育の水準も高く、福祉も確立されている。ただ〝死なない〟だけならば、これほど楽に叶《かな》う環境はそうあるまい」

〝死なない〟という言葉を強調した忍《しのぶ》に、由奈《ゆな》は口を噤《つぐ》んでしまう。

方々の軋《きし》みや歪《ゆが》みをほんのりと誤魔化しつつ、ギリギリのバランスで組み立てられている〝平和で幸福な社会〟のひずみに嵌《はま》り、暗い隙間《すきま》へと足を踏み外し、あるいは適応できずに取り残されてしまう人々は、忍たちのひどく身近にいる。

なんなら今、顔を合わせてきたばかりではないか。


生活保護受給者。

〝死なない〟の境界線上で〝生きたい〟と、必死に足掻《あが》く人々を。


「特別な種であろうとなかろうと、この国に在《あ》る限りは何度でもスタートラインから始められることを、福祉生活課員《おれたち》はよく知っている。逆に、俺の支配下へ置き続ける限り、異世界エルフはいつまで経《た》っても枠の外、現代社会の異分子であり続けるだろう」

「……」

「一年だ。永遠に飼い殺す覚悟すら決めかけていたところ、誇れる形ではないにせよ、アリエルは公的な身分を手にした。ならば遅くとも今年中には、独り立ちさせてやりたい」

どこか悲壮を感じさせる忍の言葉に合わせ、由奈の中でいくつかの疑問が腑に落ちる。

忍が最初から外敵の存在を案じ、またアリエルの独立を最終目標に据えていたならば、まず身分そのものから得られない現状は、忍に相当のプレッシャーを与えていたことだろう。

逆にアリエルが身分を手にしたならば、忍の尽力にもゴールが見える。

謎《なぞ》の監視者の問題も、アリエルを独り立ちさせ、忍自身の生活環境を元に戻せれば、監視の意味自体がなくなり、協力者たちを含め解放される未来があるかもしれない。

住民票の写しを確認した後の忍らしくない喜びようも、無理からぬものだったと言えよう。


しかし。


「それでも私は心配です」

「事前の準備は整えてやるつもりだ。君が気を揉《も》む必要はない」

「心配してるのは、アリエルのことじゃありません」

「ふむ」

「……今の世界《わたしたち》は、かぐや姫を迎えられるほどに、美しいんでしょうか」

忍が知恵の歯車を回転させ、由奈の言葉の意味を考え始めた、ところで。

ゥ　オ　オ　オ　オ　オ　オ　オ　オオン　ビミィーッ　プシィーッ

待っていた市営バスが到着し、前乗り用のドアが開いた。

「……その話は、別の機会に聞かせてくれないか」

「ええ、そのうちに」

他人の耳目がある中で、異世界エルフの話を続けるべきではない。

ふたりは立ち上がり、区役所前行きのバスへと乗り込んだ。

◇　◆　◇　◆　◇　◆　◇

正午をとうに過ぎた、区役所福祉生活課、行政事務室入り口。

昼休みの時間帯、ひときわ利用者でごった返す中へ、忍《しのぶ》と由奈《ゆな》が歩みを進めたところで。

「あ、中田《なかた》係長！」

忍たちの姿を認め、駆け寄る者がひとり。

オフィスカジュアルの上に白衣を纏《まと》った、品の良さを感じさせる三十代半ばくらいの女性。

福祉生活課のお局担当〝マリさん〟こと、保健師の菱沼真理《ひしぬままり》であった。

「おかえりなさい。早速で悪いんだけど、ちょっといい？」

「構いません。急ぎの用件でしょうか」

「急ぎって言うかなんて言うか……まあ、トラブっちゃってる感じかな」

「警備員も、在庁職員もいるでしょう。私が嘴《くちばし》を入れる必要を感じませんが」

「茜《あかね》ちゃんたちが対応してるけど、多分こじれるね。代わってあげたほうがいいと思う」

「分かりました」

課への在勤が最も長く、相当の場数を踏んでいる真理の見立ては、決して甘くない。

忍は由奈へ目配せを送り、歩みだす真理の後を追った。


不気味な光景だった。

酒臭い唾《つば》を飛ばし騒ぎ立てる、汚い身なりの壮年男性。

それを思うようにハンドリングできない焦りからか、激昂《げきこう》寸前の体育会系職員。

退《ひ》くこともできず、かと言って間に入ることもできず、オタオタするばかりの茜。

「だから追加の保護費なんて、出せやしないっつってるでしょうが!!」

「ガキ、ガキ、ガァキ。もういいから引っ込め。区長出せ区長。お前じゃ話になんねぇ」

「誰《だれ》が出てきたって同じだよ。酒臭いし、周りに迷惑だから、ほら帰りなって」

「オメェ、オメェな、小せぇよ。まだなん、なんも為《な》したコトないガキの目ぇしてんだわ」

「……つぜぇな……もういいから。ほら出てけよもう。ほら、ほら、オラ」

「ぁあンだからオメ、金がなくて死ぬっつってる人間追い出すんかオメ、おぁ、オァ、オァ」

「だーかーらぁ……!!」

「みなっ、すぁーん!! このガキがァ!! ヒトゴロシ!! 国民をォ!! 追い出してェ!!!」

大仰に騒ぎ立てる保護受給者《ケース》らしき壮年男性だが、それ以上の迷惑は振り撒《ま》けない。

三人の周囲を十数人からなる職員が囲み、周囲の一般人との間に壁を作っているのだ。

若干雑な、あるいは当を得た表現をすれば『何もせず、ただ囲んでいるだけ』とも言える。

もし暴力行為が起きれば、早めに制止できる程度には、近く。

かと言って、一緒に対応していると周囲に思われない程度には、遠く。

付かず離れず、後々誹《そし》りを受けない程度の絶妙な距離感で、騒ぎを〝支援〟していた。

「……」

心中密《ひそ》かに溜息《ためいき》を吐《つ》き、忍《しのぶ》は騒ぎの中心へ踏みだす。

囲いの職員が蜘蛛《くも》の子を散らすように退《ひ》き、気付いた茜《あかね》が忍へ駆け寄った。

「すみません、すみません、中田《なかた》係長っ」

「事情を聞こう。簡潔に頼む」

「私がお昼休みに出ようとしたら、あちらの酔っぱ……お酒を飲まれた感じの受給者さんに絡ま……話し掛けられまして。要領を得ないお話で、北村《きたむら》さんに入って頂いたんですが、却《かえ》って大騒ぎになってしまって、どうしていいか分からなくなってしまって、そのっ」

忍は渋面を深め、壮年男性と言い争う体育会系職員、北村神楁《しんご》を見やる。

一ノ瀬由奈《いちのせゆな》と初見小夜子《はつみさよこ》の後輩、堀内茜《ほりうち》の先輩に当たる支援第一係員であり、大学時代にアメリカンフットボールで培ったという勝ち気なメンタルは、後輩に対する面倒見の良さと、短慮によりトラブルを引き起こす愚鈍さを、矛盾なく彼に備えさせていた。

「想定の範囲内だ。一ノ瀬君、堀内君を下がらせてくれ」

「承知しました」

「え……っ」

有無を言わせず、茜を行政事務室の奥へ連れ去る由奈。

その姿を最後まで見届けた後、忍は昂奮《こうふん》する北村の肩に手を掛けた。

「君も下がりなさい。後は俺が対応する」

「んだよ……っ」

感情のままに振り向いた北村の眼前へ飛び込む、中田忍の仏頂面《ぶっちょうづら》。

流石《さすが》に北村も面喰《く》らったが、平静を取り戻させるには至らない。

「……ああ、大丈夫っスよ係長。自分が対応しときますんで。全然余裕なんでマジで」

「俺が対応すると言った。指示に従ってくれないか」

「いや俺のほうが状況分かってますから。すんませんほんと逆に揉《も》めるんでそういうの」

「俺が対応する。指示に従ってくれ」

「だから大丈夫っつってんじゃないスか。なんスか途中から出てきていきなり。部下守ってるポーズとか、ホント寒いだけなんで。響かないんで。むしろ邪魔なんでホント――」

「地方公務員法第三十二条《職務上の上司の命令に従う義務》に基づき、君に命令する。下がれ」

剣呑《けんのん》な視線を送り始めた忍《しのぶ》の威迫に、流石《さすが》の北村《きたむら》も気勢を削がれる。

何しろ、福祉生活課支援第一係長、中田《なかた》忍である。

元は社会福祉枠でなく、事務枠として採用された忍が、配置される先々の部署で行われていた不適正業務を暴《あば》き論《あげつら》い、その度に部署を放逐され、最後に行き着いたのが福祉生活課である……という、あまりにも真実味を帯びた噂《うわさ》は、北村神檎《しんご》も知っていた。

三度目の警告を無視すれば、中田忍《このおとこ》は、すべきことをすべきようにするだろう。

「さあ」

「……ッス」

忍と視線を合わせず、足早に立ち去る北村。

酔っ払いの壮年男性はその背を見送り、小さく鼻で笑った。

「あんた上司かい。ガキのお守《も》り、ご苦労さんな」

「お守りかはともかく、私が彼ら彼女らの上司です。お話は私が伺いましょう」

「はン……」

向き合った忍は、改めて壮年男性の風体を観察する。

身長170センチくらい、土埃《つちぼこり》に薄汚れた黒いフライトジャケットと、緑色の作業着ズボン、メーカー不詳の、元は白かったであろう紐《ひも》の運動靴。

白髪交じりのぼさぼさ頭に黒いキャップを被《かぶ》っており、皺《しわ》深い顔つきから見れば五十代くらいの印象を受けるものの、この手の保護受給者《ケース》は往々にして見た目と年齢が乖離《かいり》している。

何に焼けたのか浅黒い肌へ、明らかに酒の影響であろう、黄色く濁った白目が際立つ。

そして漂う濃厚な酒臭と、長く風呂《ふろ》に入っていない者特有の、ひりつく垢《あか》臭さ。

保護受給者《ケース》のいち類型としてあまりにも典型的だが、それを差し引いて記憶の底を浚《さら》っても、これまで忍に彼と相対した記憶はなかった。

「ほんで、いくらくれんの」

「いくら、と仰《おっしゃ》いますと」

「言わせんなよぉ、カネだよカネ。暮れと正月でちょっと、付き合いがよ。分かんだろ？」

「生活費に不足が生じているのですね。それでは、担当ケースワーカーを教えて頂けますか」

「は？」

「担当ケースワーカーを交えて、まだ手元に渡っていない諸手当の有無を確認し、当座の生活基盤を整えましょう。それでも不足が生じるようなら、ごく短期の就労なども視野に――」

「ゴチャゴチャ言わずにカネ寄越せっつってんだよテメェ‼」

激昂《げきこう》した壮年男性が、忍の胸元に掴《つか》み掛かり。

ブチブチブチッ

「んおっ……？」

忍《しのぶ》のワイシャツのボタンが引き千切れて、壮年男性は忍の胸元へと倒れ込む。

今日の忍はネクタイを外していたため、被害はボタンだけで済んでいるが、いつも通りネクタイを締めて相対していたら、首の骨ごと持って行かれる危険もあった。

しかし。

「お怪我《けが》はありませんか」

忍は壮年男性を気遣うし、もちろん通報などしない。

当然だろう。

たかが首の骨を折られかけた程度で警察を呼び、保護受給者《ケース》が犯罪者として逮捕されるようなことがあれば、即座に人権派弁護士が飛んできて、役所の冷徹で残酷な対応を疑問視し、マスコミ界隈《かいわい》はあることないこと騒ぎ立て、夜のニュースキャスターから『他の方法は、なかったんでしょうか』などと訳知り顔で評論され、番組を目にした善良な国民の皆様は善意から成る清らかな呪詛《じゅそ》をＳＮＳに書き込みまくり、繊細な職員が病んで退職者がまた増える。

特別な話ではない。

雇い主たる国民の大多数は、無自覚に公務員を〝公の下僕〟、公僕と認識している。

『それがこの人たちの仕事だから』と自らの倫理観を納得させ、常に公務員を譲るべき側へ置き、尊厳を、時には命すら差し出すよう求めることに、さしたる罪悪感を覚えはしないのだ。

職員に許される抵抗など、せいぜい保護受給者と面会する際、不要な装身具や金属製のアクセサリを可能な限り身に着けず、怪我をしない、させない努力をする程度のものであった。

「ってぇ……テメェ、ざっけんじゃねぇぞ」

忍を突き飛ばすように体を起こした壮年男性は、なおも忍に食って掛かる。

「おい、俺ぁアンタんとこのガキにジンカクを否定されてＰＴＳＤになっちまったんだよ。手首も痛めちまったからなぁ。ごめんなさいの慰謝料と追加の保護費、ホラいますぐ払えよ」

「部下の応対については、事情を聴き取った上で適切な指導を行います。慰謝料の支払い如何《いかん》については、当庁での合議及び上級官庁からの指示に基づき、適切に対処させて頂きます。保護費の追加については、要件を満たさないと判断し、対応致しかねます」

「分かんねえかな上司さんよ。俺ぁ何度も恐怖を感じてるんですよぉ。さっきまでの会話も今の会話も、ばっちり録音してますからね。意味分かりますよね、上司さんねぇ」

「分かりかねます」

「だから誠意見せろっつってんだよボケがテメェ!!　舐《な》めてっと今すぐぶっ殺すぞ!!!!」

迷いのない怒号。

その様子を見た忍《しのぶ》は、彼の尊厳を守るため看過した〝ある事実〟を摘示《てきし》すると決めた。

「あなたは、当区の保護受給者ではありませんね」

「……あ？」

「私は支援第一係長を拝命して以降、当課で取り扱ったすべての保護受給者の容姿を記憶しています。その中にあなたはいない。当区役所があなたに生活保護費を支給していないのなら、追加の保護費を支給する理由も存在しませんね」

「なっ……」

「これは推測になりますが、本来の担当区役所とケースワーカーからは、既《すで》に追加の保護支給ができない旨《むね》、沙汰《さた》を下された後なのでしょう。顔を知られていない他所《よそ》の区役所で大仰に騒ぎ立てればあるいは、と考え、当課を訪問なされたのではありませんか」

図星であったし、妥当な結論とも言える。

無謀としか言えないような横紙破りの要求を、わざわざ〝あの〟中田《なかた》忍を擁するこの区役所福祉生活課へ持ち込む愚か者など、他所の保護受給者以外に存在すまい。

「……うるせえよなんだテメェ。ふざけんなぶっ殺すぞ」

「それでは受給証か医療券、または顔写真付きの公的な身分証明書をご提示頂けますか。詳細な保護支給状況を照会の上、来月までの生活プランを検討しましょう」

「知らねえよバーカ。脅し掛けてるつもりかよ。偉そうにしやがって。アホ。ボケ」

「脅しとは心外です。あなたの生活を適切に保護すべく、必要な提案をしています」

「いやだね。お断りします」

「では、追加の保護費のお話は、これで打ち切らせて頂くという理解でよろしいでしょうか」

「テメェ、いつまでもナメた口聞いてんじゃねえぞ。顔覚えたからな」

「承知しました」

「兄ぃに話通しとくからよ。覚悟しとけよダボが。絶対ぶっ殺してやるからな」

そうして壮年男性は、ふらつく足取りで立ち去った。

もちろん忍は、この程度の脅し文句に動揺したり、恐怖を感じることはない。

忍たちを囲っていた別の職員たちも、何事もなかったかのように昼休みへ戻っていく。

そして周囲の一般人は、最初から騒ぎに興味を示すことなく、各々《おのおの》の用事を進めていた。

当然だろう。

この程度の騒ぎ、〝ここ〟では大して珍しくもないのだ。

〝瓶の底〟へと寄り添うために存在する、〝ここ〟では。

◇　◆　◇　◆　◇　◆　◇

同じ日の午後一時過ぎ、行政事務室奥の小会議室。

経過報告と茜《あかね》のアフターケアを兼ね、室内には忍《しのぶ》と茜のほか、菱沼真理《おっぼね》も集まっていた。

なお北村《きたむら》は、午後の保護受給者面談を理由として、早々に場を立ち去っている。

もちろん、周囲で騒ぎを〝支援〟していた職員は、ひとりも姿を見せていない。

事案の詳細を把握するため、忍が全体に聴取を呼び掛けたが、誰《だれ》も名乗り出なかったのだ。

万一忍に引きずり出されても『外周で市民応接に当たっていたので、詳細はよく知らない』

『本来業務を止めてまで報告できる内容がなかったので、やむを得ず名乗り出なかった』など
と、それらしく抗弁できる理屈を備えた状態で、身を潜《ひそ》めているのだ。

仕方のないことだろう。

『責任は取らず、されど逃げの誹《そし》りは受けず』。

善良な職員が取る、やむを得ないと信じる自衛行動は、いくら中田《なかた》忍でも覆せなかった。

「中田係長。改めて、本当に、ありがとうございました」

図らずも騒ぎの中心人物となった堀内《ほりうち》茜は、忍に深々頭を下げ、何度目かの感謝を述べた。

「災難だったな」

「いえ、その、毅然《きぜん》とした対応ができなくて、すみませんでした」

「気にするな。何事も、最初から上手《うま》くやれるものではない」

存外に優しい忍《しのぶ》の言葉を、茜《あかね》は呆然《ぼうぜん》と受け止めていた。

その理由が、最後まで涙を我慢していた茜への報償であると、彼女が知ることは当分ない。

「茜ちゃんお正月初めてだもんねぇ。毎年こんな感じだから、気にすることないって」

訳知り顔の真理《おつぼね》が、からからと笑う。

「毎年……なんですか？」

「そそ。一月分の保護費、年末に先払いしてたのは知ってるでしょ？」

「あ、はい、それは」

各自治体によって多少の差異はあるものの、生活保護費の支給日は概《おおむ》ね月の初めである。

ただ、年末年始休暇を挟む一月は例外で、本来一月初旬に支給すべき生活保護費を、概ね十二月二十五日過ぎ頃《ころ》に予《あらかじ》め支給するのが慣例となっている。

「さっきの彼みたいに、パーっとお金使っちゃう人も多いから、せめて独身の保護受給者くらいには年明けの遅い時期に給付すべきだ、って声もあるんだけどね。保護受給者の扱いは平等が原則だから、なんて言って、なかなか変えられないみたいよ」

「……そう、なんですね」

答えながら、茜は先程よりも消沈した様子で俯《うつむ》く。

真理《まり》は茜の変化に気付いたものの、それに触れることなく、言葉を切って忍に視線を送る。

そして忍は普段通りの仏頂面《ぶっちょうづら》で、堀内《ほりうち》茜に向き合った。

「認められないか」

「……」

「己が護《まも》るべきと信じた〝気の毒な社会的弱者〟の、浅ましく汚《けが》らわしい一面を目《ま》の当たりにして、戸惑っているのかと訊《き》いている」

「そんな、ことは……」

「……」

「……正直、分かりません」

「堀内君――」

「中田《なかた》係長、優しく。優しくね」

絶妙なタイミングで割り込んだ真理の警句に、忍は暫《しば》し黙り込んで。

たっぷり十秒悩んだ後、ゆっくりと口を開いた。

「……ドレッシング瓶の底、だ」

「……は、はい……？」

「……」

飛び出した場違いな単語に、茜はやや戸惑いながらも頷《うなず》き。

真理のほうは、何故《なぜ》か存外渋い表情で、忍の次の言葉を待った。

「ドレッシング瓶を上から覗《のぞ》き込む者の目には、上澄みの油しか映らない。きらきらとして澄み渡っていて、なんだ随分綺麗《きれい》じゃないかと、その本質を理解しないまま肯定する。瓶の底には決して浮かぶことのない、重く澱《よど》んだ何かがあることを、知ろうとすら考えない」

「……」

「俺たちは認めねばならない。この世界には他人の足を引っ張り、誰《だれ》かの嫌《いや》がるさまを喜びとし、私利私欲を満たすことに執着する人間が、確かに存在すると。俺たちはその存在すらも受け入れ、法の下の平等に照らし、生きる権利を保障し続けねばならない。『保護受給者の中にも、頑張っている人や良い人はたくさんいる』などという当たり前の現実《トートロジー》に酔うのは、〝善良な市民〟にのみ許される無責任な娯楽だ。むしろ〝そうでない〟人間を生かし続けることこそ、〝善良な市民〟が放棄した、俺たちの責務だと考える」

「そんな言い方……っ」

「否定したいなら構わんが、現実は君に合わせてくれない。今日君に詰め寄った保護受給者も、俺たちの責務それ自体も、変わることなくあり続ける」

「……」

言葉に詰まる茜《あかね》。

真理《まり》も口を挟まず、ことの行く末を見守っている。

「君の希望如何《いか》にもよるが、今度窓口業務を手伝わせて貰《もら》うといい。勉強になるはずだ」

「勉強、ですか」

「ああ。君には君の理想とする福祉があるのだろうが、その手段として用いられるのは、限りある税金だ。保護の必要性を見極める目と手段を育てることは、君の理想にとっても、役所にとっても、間違いなく必要となる。大きな不正受給事案を任せている最中でもあるし、すぐ無理にとは言わんが、頭の隅に留《とど》めておいてくれ」

「……承知しました。業務への理解を深められるよう、力を尽くします」

拗《す》ねた風もなく、真剣に頷《うなず》く茜。

忍《しのぶ》もまた、満足げに頷いた。

そして。

——焦る必要はない。

——ゆっくりと着実に、定めた目標へ近付けたなら、それで十分だ。

そう、言葉に出そうとした瞬間。

忍の脳裏に浮かんだ、一ノ瀬由奈《いちのせゆな》の言葉。

『……今の世界《わたしたち》は、かぐや姫を迎えられるほどに、美しいんでしょうか』

胸が詰まる。

鈍い不快が肺腑《はいふ》を満たす。


やむを得ないことだろう。

忍《しのぶ》はこのとき、ようやく自覚したのだ。


たとえ、公的な身分を備えたところで。

異世界エルフを、この現代社会に解き放つということは。


目を逸《そ》らし、他人事《ひとごと》のまま、物腰丁寧にトラブルを押し付け合う、冷酷な善人たち。

自らの満足のため、他人を困らせ頭を下げさせ、優越感を覚えることに執着する凡愚。

暴食、色欲、強欲、憂鬱《ゆううつ》、憤怒、虚飾、怠惰、傲慢《ごうまん》。

忍がこれまで向き合ってきた、ほの昏《くら》い人類の恥部の前に、アリエルを晒《さら》すことでもある。


もちろん忍に、その悪徳を背負う覚悟はあった。

一日も早くそうすべきだと信じていたし、それを強制する考えすら検討していた。

だが。

アリエル自身はどうなのか。

ヒトの抱く悪意を前に、異世界エルフは何を思うのか。


「……中田《なかた》係長？」

不安げに忍の表情を覗《のぞ》き込む茜《あかね》。

しかし忍は、答えられなかった。


――焦る必要はない。

――ゆっくりと着実に、定めた目標へ近付けたなら、それで十分だ。

そんな台詞《せりふ》を、軽々しく口にできなかった。

第二十六話　エルフと荒熊惨殺砲

九日後の一月十七日水曜日、午後八時十七分、中田忍《なかたしのぶ》邸のリビングダイニング。

ソファには目を閉じて俯《うつむ》き、思索に耽《ふけ》っている忍がいる。

ソファの前にあるローテーブルには過去のアリエルノートが山と積まれ、その傍《かたわ》らではアリエルが新しいノートに何かを描《か》いており、さらにその隣では、『報告したいことがある』と話していた御原環《みはらたまき》が、忙しそうに資料を開いたり閉じたりしていた。

「……」

忍が目を開け、深い息を吐き出し、ゆっくりと顔を上げる。

もちろん、忍が『だいすき』な異世界エルフは、その静かな挙動を見逃さない。

「シノブー」

開いていたノートをきちんと閉じて、スススと忍の隣に腰掛けるアリエル。

そして、おずおずもじもじとしながらも、そっと忍に肩を寄せ、ぴったりとくっつく。

かわいい。

どこか上の空だった忍も、密着されれば流石《さすが》に気付き、アリエルへと視線を向ける。

「どうした、アリエル」

「シノブ、ビミョー？」

先日徹平《てっぺい》に教わった、〝好意的《イケテル》・まあまあ《ビミョー》・否定的《ニガテ》〟の表現を使い、首を傾げるアリエル。

いつものジェラート然としたパジャマにパステルカラーのレッグウォーマー、流れるような金髪は今日もさらさらで、人類男性十人に聞けば九人が好意的な反応を返すことだろう。

だが。

「それ以前の問題だ。服越しとはいえ、必要もなく他者と肌を触れ合わすべきではない」

残念ながら十人目が中田忍であったため、強めの拒絶で打ち返されるアリエルであった。

しかしこの異世界エルフ、学習能力と適応能力においては、ヒトの追随を許さない。

「シノブー」

「うおっ」

ぎゅむぎゅむ。

アリエルはヒトを超越したその膂力《りょりょく》を遺憾《いかん》なく発揮し、以前忍にウレシーと肯定されたやり方、つまり忍の頭部を胸元に抱きしめてポンポンする姿勢へと移った。

こうなれば物理的にも精神的にも、忍は制圧されるほか術《すべ》がない。

恥も外聞も小さく切ってプラスチックごみの日に捨ててきたようなリサイクル不可能系社会人男性、中田忍であろうと、あれ？　前回はこれでウレシーしてくれましたよね？　とばかりに甘やかされれば、散々甘えてしまった負い目もあり、大人しく身を預けるしかないのだ。

さらには。

「……止《よ》せ、アリエル」

「オコトワリシマス」

「聞き分けろ」

「アリエル、シンパイ」

「……」

「シノブ、ダイジョブ？」

アリエルは忍《しのぶ》の変化を、つぶさに感じ取っていた。

豊満な胸元に抱かれ、透き通る碧眼《へきがん》で覗《のぞ》き込まれれば、忍の抗拒も勢いを失う。

「シノブ」

「……そのつもりでいる。大丈夫だ」

「ンフー」

目測20センチの距離で視線を絡ませ、アリエルは満面の笑《え》みを浮かべた。

「シノブ、ミミー」

「耳？」

「ミミー」

アリエルは拘束を解き、代わりに忍の両耳の軟骨部分をつまんで、優しく上下に動かす。

そしてアリエル自身は、頭を軽く左右に動かし、期待の詰まった視線を送る。

「……やれと言うのか」

「アイ！」

「返事はハイだろう」

「アイ」

「ふむ」

どうやらアリエルは、軽い調子の返事と、真面目《まじめ》な調子の返事を区別しているらしい。

『その成果に報いるため』と理由付けを済ませ、忍はアリエルの耳に触れる。

「ンンー」

「どうした」

「イケテル」

「そうか」

自転車のハンドルを掴《つか》むように、両手で全体を優しく握り、長い耳をゆっくり前後に回す。

慈愛、驚き、微笑《ほほえ》み、喜びに、目まぐるしく変わるアリエルの表情。

忍も薄い笑みを浮かべ、アリエルの耳たぶらしき部分にそっと親指を添え直した、ところで。

「……あ、あああの私、かかかか帰ったほうがいいですかね？？？？？」

最初からその場にいた女子高生、御原環《みはらたまき》が、決死の覚悟で存在を主張していた。

「……」

そろそろ環《たまき》を帰すべき遅い時間ではあったが、今帰すとあらぬ誤解を抱かれるのは明白なので、忍《しのぶ》も帰れとは言えなかった。

◇◆◇◆◇◆◇

異世界エルフ登場後の一ノ瀬由奈《いちのせゆな》といえば、同棲《どうせい》さながらの勢いで中田《なかた》忍邸に入り浸っているイメージを抱かれがちだが、最近はそうでもなかった。

その原因は、一ノ瀬由奈が突如一般的な社会的常識と倫理観に目覚めたというのは考えないにしても、一月三日のパスポート騒ぎから続く、どこかギクシャクした空気感に求めることもできるし、単純に年が明けて色々忙しくなってきただけという見方も、案外妥当である。

由奈は忍と交際しているわけではないし、そもそもちゃんとした周囲との人間関係をも構築している、交友の広い社会人女性なのだ。

パスポートの件に差し迫った影響が見られない以上、友人と遊びに行くなど、プライベートの満喫にも時間を割《さ》き始めるのは、むしろ自然な流れであろう。

あくまで由奈の軸足は自分自身に置かれており、由奈にとって異世界エルフの保護は、数ある人間関係のひとつを少し広げたに過ぎないとの見方もできる。

念のため強調しておく。

一ノ瀬由奈《いちのせゆな》はそういう女である。

あるいは忍《しのぶ》が由奈に申し伝えた『由奈の安全のため、基本的に協力を求めない』という意向に従い来訪を控えているのかもしれなかったが、その真実は忍にも分からない。

ともあれその一方で、急激に訪問回数を増やしつつあるのが御原環《みはらたまき》であった。

忍を脅迫し、自ら異世界エルフの保護に関わった立場でありながら、忍の言いつけをしっかり守り、体調不良等の事情がない限り毎日学校に通い、放課後は必ず一度帰宅して、私服に着替えてから中田《なかた》忍邸を訪れ、どんなに遅くても午後十時前《アリエルの就寝》には帰路に就く。

滞在中はアリエルと遊んだり、書き溜《た》められたアリエルノートと、かつて環自身が作り上げた〝エルフ追跡レポート・Act1《アクトワン》〟を対照精査したり、忍にバレない範囲で簡単な家事なども済ませようとしていた。

「そういえば御原君」

「はいはい、なんでしょう」

「昨日から今日にかけ、便器掃除と掃除機掛け、掃き出し窓の窓拭《ふ》きをやっただろう」

「う……はい、すみません」

「君の来訪を受け容れたのは、家政婦の真似《まね》事をさせるためではない。再三の警告に従わないなら、こなした家事業務に即した報酬を受け取らせる。これは脅しではない」

相手は中田忍なので毎回バレているし、なんならお小遣いすら渡されかけていた。

ただこの件に関しては、御原環のほうにも一応の言い分がある。

「それじゃ足りないんですよ、忍さん」

「借金の相談か」

「……違います」

低い声で呟《つぶや》いた環の表情に、暗い影が落ちる。

笑顔は凍りつき、断頭台に掛けられているような絶望と諦観《ていかん》に、塗り固められる。

「私は私にできる全部で、忍さんとアリエルさんの力にならなきゃいけないんです」

「どういう意味だ」

「だって私、完全に邪魔者じゃないですか」

「邪魔者とは」

「私が魔法陣なんて描いたから、忍さんや直樹《なおき》さんにおかしなご心配をおかけして、異世界エルフの存在が公になっちゃうリスクを作りました。それなのに、忍さんは私を仲間に加えてくれて、それなのに私は調子に乗って、徹平《てっぺい》さんの心を、き、き、傷つけて……」

環の双眸《そうぼう》には、溢《あふ》れんばかりの涙が浮かんでいた。

徹平の心をずたずたに斬《き》りつけた自責は、ずっと環を苛《さいな》み続けていたのだろう。

だが環は、その自責すら心の奥底に押し隠した。

反省を示し弱音を吐くことで、逆に慰められるであろう自分を、許せなかったのだ。

しかし。

「……何かと思えば、そんなことか」

「……そんなこと、って」

「くだらん」

ぽふっ
「わ」

忍《しのぶ》の手が、環《たまき》の頭を撫《な》でる。

躊躇《ちゅうちょ》する必要はない。

この地球で、この日本で、大人がぐずる子供の頭を撫でるのは、ごくごく自然な行為だ。

いくら子供相手だろうが構わず全力の忍でも、その程度の分別は付けられる。

ましてや、アリエルに甘やかされ、環を甘やかした、今の忍ならば。

「どうやら君は、随分と自惚《うぬぼ》れているようだ」

「……私が、ですか？」

「君は君の言動で徹平《てっぺい》の心を折り、俺たち全員の関係性を険悪にさせ、保護の体制に歪《ゆが》みを生じさせたのではないかと、自責の念を抱いているのだろう」

「……」

「徹平はいい大人だし、俺の尊敬する友人でもある。君のような子供に痛いところを突かれた程度で、君に怒りや憎しみを抱いたりはしない。大人は君が思うよりずっと、様々な熟慮を重ねて、自身の生き方を定めている。良くも悪くも君ひとりの言動で揺らぐほど、単純にできてはいない」

忍の説教は、その裏にどんな思いが隠れていようが辛辣《しんらつ》で、聞く者の心を傷付ける。

だが今は、その辛辣さこそが、環の自責を打ち壊す。

「君が思うより大人は強いし、子供は弱い。故《ゆえ》に子供は、大人へ甘える権利がある」

忍はそれが欺瞞《ぎまん》であることを自覚していたし、大人の弱さ小ささにも、当然覚えがあった。だとしても、忍は欺瞞を押し通す。

子供にその背を頼らせることは、大人にのみ許された、大人が果たすべき責務なのだ。

「君はもっと大人に甘えろ。君をここに迎えると決めたときから、俺はそれを許すつもりでいる。その事実を、どうか正しく理解して欲しい」

「……でも、それじゃあ……そんなの、私ばっかり楽しくて……ずるいです」

「研究も家事もありがたいし、やるなとは言わんが、それは俺の本懐ではない。俺たちの力になりたいと言うなら、まずは俺の意を酌《く》んでくれないか」

「……」

「そもそも俺の望みは、君がアリエルと友誼《ゆうぎ》を結ぶことにある」

「……ゆうぎ、って、遊《ゆう》戯《ぎ》ぶってことですか？」

「友人としての情愛だ。単純な友人関係よりも篤《あつ》く、深い間柄を指す。異世界エルフ《アリエル》は君の望むエルフではなかったかもしれないが、君が友誼《ゆうぎ》を表すことで、君とアリエルの相互に利する何かがあると期待し、俺は君をこの家に招いた」

「……そっちはもう、心配ありませんよ」

「それでは道理が合わん。理想と異なる存在だったとしても、追い求めた成果のひとつの形として、君はアリエルを受け入れたのではなかったか」

クソ真面目《まじめ》な表情で、考えた通りの言葉を発する忍《しのぶ》。

由奈《ゆな》がいれば罵倒《ばとう》され、徹平《てっぺい》がいれば呆《あき》れられ、義光《よしみつ》がいれば忍を窘《たしな》めただろうが、あいにく今は三人ともいないので、環《たまき》は自身の想《おも》いを、素直に答えるしかない。

「だって、その……アリエルさんはもう、〝エルフ〟どうこうの前に」

「ああ」

「……私の、お友達なので」

「そうか」

「はい」

照れまくって縮こまる環であった。

「タマキー」

「はひゃっ」

話がひと段落着くまで大人しくしていた賢い異世界エルフ、アリエルが、ここぞとばかりに環へ抱き付き、頭をわしゃわしゃ撫《な》でまくり、顔面を豊満な胸元でぎゅうぎゅう圧迫する。

巻き込まれるのもなんなので、忍は暫《しば》し傍観を決め込んだ。


「それで、本題なんですけど」

「本題とは」

「『話したいことがある』ってお伝えしてたやつですよ」

「そうか。ならば聞こう」

「……できれば、アリエルさんには外して欲しいんですが」

「この状態からか」

「うっ」

結局環はアリエルにされるがまま、後ろ抱きの姿勢で頭に豊満な乳房を載《の》せられていた。

緊迫感も真剣味も何もない格好だが、アリエルはとても嬉《うれ》しそうである。

加えて『タマキはアリエルと遊ぶのがだいすきなんですよね？』と言わんばかりの眼差《まなざ》しで見下ろされ、研究者モードの環もやや押され気味であった。

とはいえ、忍も環の話を聞きたくなっているので、とりあえずの助け舟を出す。

「アリエル」

「ハイ」

「積み木ゲームを許可する」

「ツミキゲーム!!」

突然の許可に驚喜したアリエルは、早速ローテーブルに広げられたアリエルノートを一か所にまとめ、改めてローテーブル上に〝積み木ゲーム〟の用具を準備し始めた。

使い捨てライターぐらいの大きさの、直方体の積み木を三列横に並べ、互い違いに積み上げていくと、構造の頼りない小さな塔が出来上がる。

「あ、これ懐かしいですね。じぇんー――」

「積み木ゲームだ。存外気に入った様子なので、飽きさせないよう時々遊ばせている」

「いや、これ、ジェンー――」

「積み木ゲームだ」

登録商標の区別に厳しい、中田忍《なかたしのぶ》であった。

そして遊んでいるモノがジェンなんとかであろうが積み木ゲームであろうが気にならない異世界エルフ《アリエル》は、指先をぷるぷるさせながら上部中央の積み木を押し出そうとしていた。

かわいい。

「この調子ならば、しばらくは大丈夫だろう。話を進めて貰《もら》えるか」

「……あ、はい、すみません」

自分も積み木ゲームに参加しそうになっていた環《たまき》は、いそいそと座り直すのだった。

「アリエルさんの正体について、私なりに考え直してみたんですけど」

「正体とは」

「追って説明します……まずはこれ、見て頂けますか」

「ああ」

環は〝エルフ追跡レポート・Ａｃｔ１《アクトワン》〟と、アリエルノートの一冊を開き並べる。

「この辺りなんて、分かり易いかもですね。このふたつ、私は同じ文字だと思いました」

「……俺の目にもそう見える」

「ですよね」

レポートに貼《は》られた、資料館で撮影したという画像にある〝エルフ文字〟の一群と、開かれたアリエルノートの１ページには、見た目の似通った図形がいくつか記されている。

「この図形が文字であるなら、同じ文化に端を発する文章と見ていいんじゃないか」

「私もそう思います。だからこそ、私は別の結論を提示します」

「ふむ」

レポートとノートを閉じて、環は忍の目を見上げ。

「アリエルさんと耳神様《みみがみさま》は、本当に〝同種の存在〟なんでしょうか」

「分からんな。アリエルの正体不明は今に始まったことでもないし、こちらの体制が不安定な今、実在すら確定的でない耳神様の正体を、敢《あ》えて考察する必要があるのか」

「逆ですよ、忍《しのぶ》さん」

「逆とは」

「私たちは今こそ、アリエルさんと耳神様の関連性をはっきりさせるべきなんです」

「ほう」

「確かに忍さんの言う通り、真偽不詳の耳神様伝説について調べるよりも、今現在起きている不詳の出来事、例えばパスポート類の送り主について考えるほうが有意義という見方もできます。でも、忍さんにとっても、それは大して重要なことじゃないんですよね?」

忍は仏頂面《ぶっちょうづら》で首肯《しゅこう》する。

「〝送り主〟たる謎《なぞ》の監視者は、少なくとも一ノ瀬《いちのせ》君が画像を撮影した頃《ころ》から、もしくは異世界エルフ《アリエル》が俺の家に現れる前から、生活を一方的に掌握し、監視していた可能性が高い」

「気持ち悪いですよね」

「ああ。だが裏を返せば、俺たちが奴《やつ》に気付くまでの間、奴は俺たちに無干渉、あるいは干渉を悟れない程度の干渉しか加えて来なかったことになる。放っておけば大人しいだろう、とまで言えば暴論だろうが、あまり刺激すべきではないんじゃないか」

「そのお考えも理解できます。でも仮に、アリエルさんと耳神様の生態を擦り合わせて、一定以上の相関を見出《みい》だすことができたら、ある可能性が生まれるんです」


「……ア、ア、アリエル、い、い、自身が、耳、神、様、で、あ、る、可、能、性、か」


「それ、私が言いたかったんですけど」

「回りくどい物言いを続けるからだ」

「忍さんほどじゃないですよーだ」

むくれて見せる環《たまき》に、苦笑を返す忍。

だが、その脳内では既《すで》に、知恵の歯車が回転している。

「そう突飛な話でもないな。アリエルは既に、西洋の伝承にある〝エルフ〟の枠を外れた存在だと推察されるが、人外の存在であることは明白だ。寿命が桁外《けたはず》れに長い可能性もあるし、なんらかの理由があってモノを知らんように振る舞い、俺の家に潜《もぐ》り込んだ可能性もなくはない。その場合パスポート類を用意したのは、信者の末裔《まつえい》ということになるか」

「そんな可能性もあるんじゃないかと思います。中性的な耳神様の体つきと、いかにも女性らしいアリエルさん、とか、色々違いもなくはないんですけど」

「数百年前と現代とでは、栄養状態にも大きな隔たりがある。埃魔法《ほこりまほう》も頻繁に使っていたようだし、常に乳房は平坦だったのかもしれん」

「……は、はぁ」

アリエルが埃魔法で痩《や》せるタイプのエルフだと、まだよく知らない御原環《みはらたまき》であった。

「まあ、ともかくです。アリエルさんが耳神様《みみがみさま》と同種の存在なのか、それとも同一人物なのか、全然関係がないのか。はっきりさせられれば、アリエルさんの生態解明に役立つはずですし、アリエルさんが人間社会に馴染《なじ》むためのヒントも見付かるかもしれません」

「……」

忍《しのぶ》は俯《うつむ》き、黙考の姿勢に入る。

謎《なぞ》の監視者を刺激したくない考えは変わらずあるものの、アリエルの社会進出が現実的な問題となってきた今、異世界エルフの生態に関する情報はできるだけ集めておきたい。

ならば――

◇◆◇◆◇◆◇

「現状をフラットに分析した結果、異世界エルフの生態解明こそ最優先事項に置かれるべきと

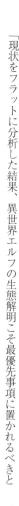

結論した。差し当たっては、異世界エルフとの関連性が疑われる耳神様研究に注力することとし、その中でも資料の所在が明確な、御原君が耳神様を知ったという資料館を訪れ、展示資料の再精査を測るべきだと判断し、現地に向かう必要を認めた」

「……それで僕が呼ばれた、って感じ？」

「そうなる」

環との話し合いから三日後の、一月二十日土曜日、午前九時過ぎ。

やや勾配《こうばい》がきつめの閑静な住宅街を、忍、義光《よしみつ》、環が連れ立って歩いていた。

「義光の知見を頼りにしているのは当然だが、ひとりの大学助教として、学術的資料の取り扱い方についても的確にこなすだろうと期待している」

「別にいいんだけどさ」

「ああ」

「そういう話は、誘ってくれた段階で知りたかったかな。そしたら色々準備もできたし」

「言わなかったか」

「うん。『力を借りたい。身ひとつで構わんので、土曜日を空けてくれるか』って」

「……」

「ちなみにこの感じだと、現場の下見とかも済んでない感じ？」

「あ、それは大丈夫です」

「そうなの？」

「私、中学生になってからもちょくちょく通ってましたので。道案内はバッチリです」

「そうじゃなくて……どういう団体が運営してて、誰《だれ》にどんな話が聞けそうか、とかさ」

「えっと……郷土資料館なんですが……地区センター？　みたいなのと一緒になってて……そこの建物の……一階？　二階？　あれ、分かんない……でも、よく喋《しゃべ》るおばさんが受付をしてて……私はちょっと苦手だなあと思っていました」

個人の感想であった。

「……すまない義光《よしみつ》。準備不足もいいところだった」

「忍《しのぶ》は疲れてるんだよ。顔色も悪いみたいだし」

本気で心配そうに忍の顔を覗《のぞ》き込む、気遣いのできる男、直樹《なおき》義光。

しかし忍は仏頂面《ぶっちょうづら》のまま、小さくかぶりを振る。

「謎《なぞ》の監視者は〝君の望むままに〟とアリエルへ伝えた。ならば俺にできるのは、アリエルの望みを導けるよう、少しでも道を整えてやることだけだ」

「……」

「解決すべき問題は山とある。気掛かりを少しでも減らさねば、休むこともままならん」

「……まあ、それもそっか」

義光は顎《あご》に手を当て、考え込む姿勢を見せながらも、歩みを止めようとはしない。

「出直さなくていいのか、義光」

「分かんないけど、できる限りはね。たまには僕にも頑張らせてよ」

冗談めかして微笑《ほほえ》む、直樹義光。

その眼差《まなざ》しは、あまりにも優しかった。

◇◆◇◆◇◆◇

〝地区センター〟という名称が示す概念は全国共通のものなのか、中田《なかた》忍は知らなかったが、少なくとも忍の暮らす市には地区センターを規定する条例が存在したし、忍の目の前にあるのは、忍の知識に照らし、間違いなく〝地区センター〟であった。

建物は昭和の小中学校を思わせる素朴な白色に塗られ、構造もやたらと角ばっている。

また、傾斜地にあるせいか、入り口までに数十段の階段と謎の中庭を通過せねばならず、この構造こそが環《たまき》の『一階か二階か分からない場所』という奇妙な発言に繋《つな》がるのだろう。

「ホームページで確認したけど、普通の行政の地区センターに併設される形で、郷土資料館として使う区画を設けてる感じだね。展示は今でもやってるみたいだけど、だいぶ縮小されちゃってる印象かな。展示物の詳細すら載《の》ってないし」

「じゃあ……私が通ってた頃《ころ》より、資料は少なくなってるんでしょうか」

「そうだと思う」

「やむを得まい。ないものを嘆くより、ある物を丁寧に精査するほうが建設的だ」

いつも通りの仏頂面《ぶっちょうづら》で、ぼそりと呟《つぶや》く忍《しのぶ》。

そんな忍を労《いたわ》るように、義光《よしみつ》は言葉を続ける。

「忍」

「なんだろうか」

「ちょっと賭《か》けだけど、作戦があるんだよね」

「分かった。俺は何をすればいい」

迷いのない忍の返事に、義光がこくりと頷《うなず》いた。

「忍はできるだけ愛想良く、僕の発言に同調し続けて。もし反応に困ったら、『ええ』『はい』『ハハハ』で誤魔化して、僕のフォローを待って欲しい」

「承知した。よろしく頼む」

「大丈夫？　ちゃんとできる？」

「無論だ。なんの心配も要らんぞ」

「ん、おっけ。一旦《いったん》解除しよう」

「そうだな。俺もそれがいいと思っていた」

「いや違うって。一旦止《や》めようってば」

「ああ。本来ならそうすべきだろうな」

「そういうんじゃなくて、止めてよ」

「ハハハ」

普段通りの仏頂面のまま、声だけで困惑を表現する忍である。

「……表情、もうちょっと頑張ってね。僕が指を三回鳴らすまで、その調子でお願い」

「いいだろう。任せておけ」

義光の猛獣使い、いや忍使いぶりに、御原環《みはらたまき》はただ戦慄《せんりつ》するほかなかった。

そんな環にも、義光はゆっくりと視線を向ける。

「御原さんもよろしくね」

「よろしくね、と仰《おつしや》いますと？」

「中の職員さんや周りの人に、僕たちの目的を悟らせないよう振る舞って欲しい」

「自信ないです」

「そっか。でも、頼りにしてるから。頑張って」

「えっ」

愕然《がくぜん》とする環であった。

塩対応の義光が忍にだけ甘い理由は、魔法陣事件で度胸を見せた環を信頼したのか、逆によっぽど今の忍を信用できないのか、はたまた何か別の心理的瑕疵《かし》によるものなのか、今のところ定かではない。

◇◆◇◆◇◆◇

環《たまき》を先頭に据えた三人が、地区センターの正面入り口から建物内へと入る。

自動ドアを抜けた先は廊下になっており、右手側に受付カウンター、左手にはベンチがあり、壁面には簡素な額縁に入った、古い書簡や巻物らしき何かが展示されていた。

——これも御原《みはら》君の言う〝資料〟なのだろうか。

忍《しのぶ》が知恵の歯車を回し始めるより先に、受付カウンターの奥から声が響いた。

「あらぁあらあらあら環ちゃん。お久しぶりねぇ」

「えケッ」

奇声を発する環。

声の主は、一見して六十から七十歳代、どぎついパーマを当て髪を真っ黒に染めた、いかにもこの道ン十年、地区センターの主といった貫禄の女性職員。

考えるまでもなく、環が苦手と評していた『よく喋《しゃべ》る受付のおばさん』であろう。

「なまっ、なんでっ、私っ、なまえっ」

「当たり前じゃない。あんな毎日のようにこんなトコ通い詰めてるの、散歩の休憩に来る近所のお爺《じい》ちゃんか、環ちゃんくらいだもの。来館者名簿見なくたって覚えちゃうわよぉ」

「は、そ、そうですか……恐縮です……」

様々な感情がないまぜとなり、環の瞳《ひとみ》は死んでいた。

そもそも今日の環に期待されていた役割は『唯一展示物を確認した経験がある者として、忍たちを効率的に先導する』ことであり、管理者側の人間が好意的に環の存在を認知してくれていた状況など、むしろ嬉《うれ》しい誤算のはずなのだが、本人がこれではなんの意味もない。

この状況をどう考えているのかは定かでないものの、少なくとも表面上動揺しているようには見えない義光《よしみつ》が、ひっそりと来館者名簿にペンを走らせる。

「……？」

撃沈した環へ興味を失った女性職員は、ふと義光に視線を移し、しばし固まる。

「……んんー、あな、たは……？」

「初めまして。お世話になります」

「えー？　うそうそ、初めてじゃないでしょ、見たことある、絶対見たことある!!」

「……すみません、僕のほうには覚えがなくて……ここに来たのも初めてなんですが」

「じゃあ……名前！　名前だけ教えて、名前!!」

「橋口祐介《はしぐちゆうすけ》です」

さらりと偽名を名乗る義光。

名前バレしている環《たまき》はともかく、なるべく痕跡《こんせき》を残さないようにという配慮だろう。

そこに不審を抱いたのか、はたまた別の理由からか、女性職員は表情に困惑を浮かべた。

「んんー……？　あれぇ……？　人違いだったかなぁ……？　ってヤダなんか私、すごい下《へ》手《た》なナンパしてる人みたいじゃないもーやだぁアハハハハハ」

「ふふっ」

女性職員の下手なナンパ、もとい強烈なフリにも笑《え》みを返す、流石《さすが》の直樹義光《なおきよしみつ》であった。

しかし手練《てだ》れの女性職員は、暇潰《つぶ》しに使えそうなイケメンを逃すほど甘くない。

「じゃあもう、恥ずかしついでにお話付き合ってよ。ホントにどこかで会ってるかもだし」

「構いませんよ。僕も付き合いで来たようなものですから」

果たして何を企んだのか、笑みを崩さないまま、義光は忍《しのぶ》と環へ振り向いた。

「……あ、宮沢。全員分名前書いとくから、御原《みはら》さんと先に展示見てたら？」

邂逅《かいこう》当初、忍が環相手に使った宮沢治で、忍に呼びかける義光。

その意をばっちり酌《く》んだ忍は、ここぞとばかりに余計な気を回す。

「ああ。俺の名は宮沢治《みやざわおさむ》だ。お宮の宮に尺を書く沢、政治のジで治になる」

「あ……うん、ありがとうね」

自分のペースで話を進めたかった義光は、どちらかと言えば迷惑そうであった。

案の定というか、女性職員も眉根《まゆね》を寄せて、忍の仏頂面《ぶっちょうづら》を見つめる。

「……うん。あっちは本当に新顔さんね」

「そうなんですか？」

「そりゃそうでしょ。あんな強烈な仏頂面のコ、一度見たら一生忘れないもん。いくらボケの来る年頃《としごろ》だってね、私だってまだまだ現役なんだから」

「ご冗談でしょう。全然そんな感じには見えませんよ」

「まあまあ、そう言うわよねぇ。気ぃ遣わせちゃってゴメンねぇ。ンフフフフ」

冗談か本気か、区別の付けづらい含み笑いへ、義光は慎重に返答を選ぶ。

当人の関知しないところで義光を苦しめる、中田《なかた》忍の仏頂面であった。

◇◆◇◆◇◆◇

小一時間後。

「それで娘の家の庭にね、野良猫が溜《た》まっちゃって、もう大変なのよぉ」

「あぁー、可愛《かわい》いですけど、大変かもしれませんね」

「ねぇー。見てるだけならアレだけど、ウンチしちゃったり、オシッコしちゃったり」

「はいはい」

「発情期になると……ほら……するでしょ……するのよ……集まって……アレ」

「……交尾ですか？」

「やぁだーもうユースケ君やめてよぉー交尾って！　もう!!　小さい子も来るのにもぉ〜」

「あはは、すみません」

「それでね、娘が子供の教育に悪いって愚痴るから、私が水ぶっ掛けて止《や》めさせたのよぉ」

「うわぁ、荒業ですね。どうなったんですか？」

「娘に怒られちゃった。ばーばがネコチャンいじめたって孫が泣くってさぁ。酷《ひど》いわよねぇ」

「それは残念でしたね。小岩井さん頑張ったのに」

「マキエって呼んでって言ったじゃなーい。ユースケ君慰めてぇ、なーんて、ふふっ」

直樹義光《なおきよしみつ》は、女性職員の心を掴《つか》み過ぎるほどに掴み過ぎていた。

「……あちらの方、コイワイマキエさんって仰《おっしゃ》るんですね」

「……」

ひと通り現在の展示品を確認し終えたものの、目立った成果を得られず、休憩スペースのベンチで時間を潰《つぶ》すしかなくなった環《たまき》が、傍《かたわ》らの忍《しのぶ》に話し掛けたものの、忍は答えを返さない。

これは義光が忍へ指示を与えた際、環に話し掛けられた場合の条件付けを定義していなかったため生じたバグであり、一瞬忍が悪いわけではないように感じられるのだが、この程度の潰しが利《き》かない大人に罪がないわけがないのでやっぱり忍が悪い。

「……はぁ」

忍との会話を諦《あきら》めた環はベンチから立ち上がり、もう一度展示物へと歩み寄る。

その背後から無言で付いてくるポンコツ大人、中田《なかた》忍。

口を開くつもりはないが、環に付き添おうという気概だけはあるらしかった。

環も思わずくすりと笑い、返事がないと承知の上で忍に語り掛ける。

「レポートでも画像お見せしましたよね。これ、私の一番お気に入りなんです」

「……」

ふたりの目の前に展示されている、一幅の掛け軸。

署名や落款《らっかん》はなく、下部の簡素なプレートに〝天舞降臨耳神之図《そらまいてあらわれしみみがみのず》〟とだけ記されている。

そっけない背景の下々には、当時の庶民と思《おぼ》しきみすぼらしい着物姿の男女らが平伏しており、恐らくは空であろう上部には、神仏のそれを思わせる質素な布切れを身に纏《まと》い、豪奢《ごうしゃ》なエフェクトを背負いながら慈愛の微笑《ほほえ》みを浮かべる耳の長い人物が描かれていた。

「初めてこれを見たとき、なんて優しく笑うんだろう、って思ったんです。安心するっていうか、やっと会えたね、みたいな、あったかい気持ちが沁《し》み込んでくるような……当時は学校でも浮き始めてた頃《ころ》だったから、寂しい気持ちのせいでそう感じたのかもですけど」

「……」

「だけど、どうしてなんでしょう。忍さんやアリエルさんとお会いして、今改めて見ると、ちょっと違うのかな、って感じました」

「……」

「上手《うま》く言えないんですけど、寂しい思いを抱いてるのは、むしろ……」

言いかけた環《たまき》がふと、義光《よしみつ》たちのほうに視線を向けると。

「あれ？」

女性職員《コイワイマキエ》が立ち上がり、カウンターと外を隔てる簡素な間仕切りをどけ始め。

そして義光も立ち上がり、何故《なぜ》かカウンターの内側へ歩みを進めて。

忍《しのぶ》と環に目配せをして、周りから見えないよう、軽く手招きのポーズを取った。

「……？？？」

困惑する環の前に、忍がスマートフォンを差し出す。

展開されているのは、恐らくメモ帳アプリ。

〝あくまで俺の推測だが〟

〝体裁はどうあれ、ここが郷土資料館として機能しているなら〟

〝展示していない収蔵品も相当数あるのだろう〟

〝義光はコイワイマキエ氏に取り入り、非展示の収蔵品の閲覧許可を取ったんじゃないか〟

画面を一読し、唖然《あぜん》とする環。

年若い未成年者の環には〝非展示の収蔵品〟などという概念の持ち合わせがなかったし、仮に気付いていても、コミュ障の環に閲覧のお願いなどできなかったであろう。

それをぶっつけ本番で為《な》してしまう、直樹義光《なおき》の手際といったら。

「……凄腕《すごうで》のスパイとか、手練《てだ》れの結婚詐欺師みたいですね」

「ハハハ」

反応に困ったときは笑って誤魔化すことを許されている、中田《なかた》忍であった。

◇◆◇◆◇◆◇

十数分後、地区センターの倉庫区画。

蛍光灯が半分くらい切れており、点《つ》いている残り半分も危うい感じの薄暗い室内には、錆《さび》の浮いた棚がいくつか据え付けられ、その中に段ボール箱がぎっちり押し込まれている。

段ボール箱には意味不明の文字記号が黒マジックでデカデカ記されているほか、端がめくれ上がり硬化しているセロハンテープなども目立ち、相当なほったらかし感を演出していた。

そんな中。

「宮沢《みやざわ》、これとか使えそうじゃない？」

「そうだな。いいんじゃないか」

「うん、これは面白くなりそうだね」

「ああ、そうだな」

土埃《つちぼこり》舞う中、仮初《かりそめ》の雑談に興じる橋口祐介《はしぐちゆうすけ》こと直樹義光《なおきよしみつ》と、宮沢治《みやざわおさむ》こと中田忍《なかたしのぶ》であった。

義光がコイワイマキエ氏に何を吹き込んでこの状況を作り上げたのか、忍には知る由《よし》もないし、知るべき理由も見当たらない。

忍は義光に命じられた通り、ただただ義光の言葉を肯定する機械生命体を演ずるだけ。

そしてひとり蚊帳《かや》の外にいる、自身も何か成果を残さんと熱い闘志を燃やす環《たまき》である。

小さめの段ボール箱を床に下ろし、膝《ひざ》をついて蓋《ふた》を開くと。

「……うへぁ」

ほんのり臭う黴《かび》臭さと、雨に濡《ぬ》れて取り込み損ねた洗濯物のような臭いが広がる。

中に収められた本らしき紙の束は、食欲をそそらないミルフィーユの如《ごと》くパリパリに干からびてしまっており、文字を読める読めない以前に、傷つけず開くことができそうもない。

「ヒドいもんでしょぉ。ビックリしなかった？」

「ふえっ」

いつの間にか環の傍《かたわ》らに立っていたコイワイマキエ氏の声で、存分に驚く環であった。

「だ、大丈夫ですっ。むしろ無理なこととして頂いて、ありがとうございますっていうかっ」

「ぜーんぜん。どうせ捨てるみたいなモンなんだから、持ってって貰《もら》ってもいいくらいだわ」

「す、捨てちゃうんですか⁉」

「ホントには捨てないけどさ。ここ自体、地域のゴミ箱みたいなものだからねぇ」

「へぇ……？」

女子高生らしくない、あるいは一周回って女子高生らしい、可愛《かわい》くない声を上げる環。

コイワイマキエ氏はその反応に満足した様子で、言葉を続ける。

「もう何十年も前の話だけどね。押入れや蔵からソレっぽいものが出てきたけど、別にいらないし捨てるのもなんかなー、って人たちの引き受け先として、地区センターの一部を郷土資料館にしますよー、って広報してたら、綺麗《きれい》も汚いもウワッと押し付けられちゃったワケ」

「……なるほど」

「一応、資料館のていで寄付して頂いたものだから、管理費とか税金で出てるし、勝手に処分したりはできないけど、展示する場所もないし見る人もいないし……正直邪魔なのよねぇ」

「ええ……」

「似たような感じで、有名な美術館とかはもっと大変らしいわよ。よく知らないけど」

表面上はいっぱいいっぱいといった感じの環であったが、ダテメガネの奥に隠れた、環の研究者モードたる冷静な部分は、コイワイマキエ氏の言葉を素直に受け容れていた。

耳神様《みみがみさま》に関する美術品のような『歴史的・文化的価値の有無はさておき、学術的に注目されているわけでもなく、マネタイズに役立つ見込みもない、とりあえず古いことだけが分かっている』資料など、興味のない人間から見れば、処分に困るゴミだろう。

小学生からの数年間、ひとりで進めた研究を思い、いくらかの寂しさを覚える環《たまき》であった。

「せめて県とか、国の資料館に押し付け……寄贈するとかできたらいいんだけどねえ」

「あんまり価値がないから、引き取って貰《もら》えないいんですか？」

「ううん。保存状態がいいものもなくはないし、価値がないことはないみたいよ」

「へ、じゃあ、どうして」

「うーん……耳神様《みみがみさま》好きな環ちゃんに教えるのも、ちょっと、ちょっとなんだけどねぇ」

言葉とは裏腹に、喋《しゃべ》りたくて仕方がない様子のコイワイマキエ氏である。

「耳神様関係の資料って、専門家ウケが悪いんだって。詳しいセンセイとかに言わせると、当時の人たちが作ったオハナシっていうか、マンガっていうか……とにかく、面白いは面白いんだけど、大々的に研究するかっていうとそうじゃないんだよね、みたいな？」

言いながら、コイワイマキエ氏は棚の裏側に手を伸ばし、自身の身長ほど大きな、茶色い紙に包まれた何かを引きずり出す。

「それは……？」

「んふふ、とっておきのヤツ。おっきくて邪魔だし、冗談っぽ過ぎるから表には飾れないの」

にやつきながら茶色い紙を剝《は》ぎ取り、中身を環に示すコイワイマキエ氏。

そして、〝エルフ〟と耳神様が大好きな女子高生、御原《みはら》環は。

反応に困った。

◇◆◇◆◇◆◇

暫《しば》し後、中田《なかた》忍《しのぶ》邸。

「……ふむ」

「……うーん」

「……むー」

「ホァー？」

地区センターから戻った忍、義光《よしみつ》、環は、各々《おのおの》ダイニングテーブルで頭を悩ませていた。

お留守番が上手にできたかわいい異世界エルフ、アリエルは、まるで空気を読んだかのようにひとりでソファへ座り、三人の様子を遠目から見つめていた。

かわいい。

資料の持ち出しこそ叶《かな》わなかったものの、記念撮影だ思い出作りだなんだと理屈をつけ、いくつかの資料の画像撮影に成功していた忍たち。

今彼らを悩ませているのはその中のひとつ、コイワイマキエ氏イチ推しの謎《なぞ》資料。

それは幅340センチ、高さ150センチはあろうかという、四つ折りの屏風《びょうぶ》であった。

「改めて収蔵品を見てみよう」

例の指令を解除された忍《しのぶ》の指揮により、各々《おのおの》が端末を操作し、撮影画像を確認する。

「いやあ、これ、なん……なんなんだろうねぇ」

「四曲一隻《よんきょくいっせき》だ」

「え？」

「縦の折り目が等間隔で三つあるだろう。それぞれの折り目を境として、向かって一番右の面が第一扇《せん》、次が第二扇と数えていく。扇が四つで四曲《きょく》となり、屏風そのものは隻《せき》と数えるので、この屏風は四曲一隻だと言える」

「うん、分かった。ありがとう」

「うむ」

どこかゆとりのない義光《よしみつ》のコメントも、無理からぬことであろう。

何しろ、奇妙な一作であった。

向かって右側、第一扇と第二扇には、江戸っぽい街並みを遥《はる》か地上へ見下ろし、金雲をはじめとしたいかにもなデザインの景物に囲まれ、荘厳な着物を纏《まと》い空を舞う、耳の長い白い肌の耳神様《みみがみさま》が描かれている。

　耳神様はクロールの手かきのように、肘《ひじ》を後頭部の位置まで上げ、熊に向けて五指をぴんと伸ばし、その先端から光線のような何かを発している。

　そして左側、第三扇と第四扇には、建物よりも遥かにデカい、熊らしき獣が描かれていた。

熊の眉間《みけん》には、耳神様から放たれた光線のような何かが直撃しており、そのためか頭頂部分がばっくりと裂け、熟れたスイカのように爆散している。

　耳神様の口元に浮かぶ慈愛めいた微笑《アルカイック・スマイル》みが、却《かえ》って全体の陰惨さを引き立てていた。

「〝荒熊討耳神之図屏風《あらくまうちしみみがみのずびょうぶ》〟とでも呼ぶべきか」

「名前付ける必要ある？」

「あるだろう。この絵の話をする都度〝耳神様が熊の眉間を爆散させているアレ〟と呼ぶのでは、どうにも面倒で物騒じゃないか」

「だったら、この耳神様が発射しているモノは、アリエルさんビームにしませんか？」

「どういう意味だ」

「荒熊惨殺砲と書いて、アリエルさんビームと読むのがいいと思うんです」

「ごめん御原《みはら》さん、今度こそ名前必要ないよね？」

「いいんじゃないか、荒熊惨殺砲《アリエルさんビーム》」

「は？」

「ヒトの恐怖は、名もなき存在にこそ宿る。名付けは魑魅魍魎《ちみもうりょう》の正体に向き合う一歩だ」

満足げに頷《うなず》き合う、中田忍《なかたしのぶ》と御原環《みはらたまき》。

その様子を遠くのソファから見ていたアリエルも、合わせてうんうん頷いている。

かわいい。

「じゃあもう、名前はその……ビームでいいからさ。次のこと考えようよ」

「荒熊惨殺砲《アリエルさんビーム》ですよ、直樹《なおき》さん」

「……ありがとう」

心なしか調子に乗る環と、心なしか呆《あき》れた様子の義光《よしみつ》であった。

「ともあれ、一歩前進ですね。学術的観点からすればお笑い種《ぐさ》かもですけど、異世界エルフと耳神様《みみがみさま》の同定について考えるなら、耳神様が埃魔法《ほこりまほう》的奇跡を起こした記録は重要です」

「まあ、それはそうだね。今日確認しきれなかった資料もいっぱいあったし、どうにか怪しまれない方法で譲ってもらうか、見せてもらうかできたらいいんだけど」

「重大な懸念もひとつ増えた。叶《かな》うならなるべく早く、足回りを固めておきたいものだ」

「懸念ってなんですか?」

「懸念だろう。異世界エルフは、熊の頭を爆散させるビームを放つかもしれんのだぞ」

「……それは、懸念だね」

「怒らせると怖いかもなんですね、アリエルさん」

「うむ」

気を失ったアリエルの生乳に触れ、気が付いた後さらに両手で揉《も》みしだいた経験のある忍は、思わず自身の眉間《みけん》を撫《な》でるのであった。

「……茶でも淹《い》れよう。御原君はコーヒー牛乳で良かったか」

「あっ……すみません。いつもありがとうございます」

「……忍んち、お茶淹れる道具なんてあったっけ？」

「少し前に一ノ瀬《いちのせ》君がな。お湯がすぐ沸《わ》く奴《やつ》もひと通り揃《そろ》っている」

「へぇ、素敵なプレゼントじゃない」

「いや。費用はすべて一ノ瀬君に支払っているし、別途手数料も渡しているが」

「……そう」

何故《なぜ》かげんなりする義光を尻目《しりめ》に、忍は湯沸かし器をセットし終え、環にコーヒー牛乳がなみなみ注がれたマグカップを差し出した。

「忍さん、エルフときたら、やっぱりコーヒー牛乳《コーレ》ですよね」

ニコニコしながらカップを受け取り、大事そうに口を付ける環。

環の投げたコーヒー牛乳が忍の後頭部を打ったエピソードは、義光の耳にも入っている。

必然、義光は微妙な表情だったが、当の忍が苦笑しているので、野暮な文句は口にしない。

そう。

忍《しのぶ》と環《たまき》は、あの夜のことすらも、笑って話せる関係を築けたのだ。

「……えっと、あ、えっとですね」

微妙な雰囲気に気付いた環は、照れを誤魔化すかの如《ごと》く、ソファのアリエルへ目を向けた。

「あの、アリエルさん、アリエルさん」

「アイ」

環の呼びかけに、待ってましたとばかりとてとて駆け寄ってくるアリエル。

かわいい。

「アリエルさんって、ほんとにビーム撃てるんですか？」

「ビー……？」

「これです」

「おい御原《みはら》君!!」

「御原さん!?」

「へっ？」

時、既《すで》に遅し。

環はなんの躊躇《ちゅうちょ》もなく、自身のスマートフォンへ表示させた〝荒熊討耳神之図屏風《あらくまうちしみみがみのずびょうぶ》〟の画像を、アリエルに見せつけていた。

アリエルはアリエルで、興味を持ったのか、まじまじと見入ってしまっている。

「御原さんスマートフォンしまって、早く!!」

「え、え、何かまずかったですか」

「当然だろう。君はこの狭い室内の何処《どこ》に、熊の頭を爆散させるビームを撃たせるつもりだ」

「……あっ」

環の顔面から血の気が引く。

「この際、敷金の問題は看過するにしてもだ」

「〝しききん〟ってなんですか！」

「借りた部屋を出る際、修繕費に充《あ》てるための先払い金だ。修繕後に余れば借主の手元に戻ってくるので、俺は七割以上返して貰《もら》うつもりでいた」

「何言ってるんですか忍さん！　今問題視すべきは、荒熊惨殺砲《アリエルさんビーム》が壁や床を貫通して、ご近所さんに直撃したらどうしようって話じゃないんですか⁉」

「ああその通りだよ。君に言われたくはないがな」

きゃいきゃい絶叫する環と、こんなときでも仏頂面《ぶっちょうづら》の中田《なかた》忍。

そして。

「あのさ!!　忍も御原さんも現実見てくれるかな!!」

「すまない」

「申し訳ありません」

あまりにもまっとうな義光《よしみつ》の怒号に、頭を下げる忍《しのぶ》と環《たまき》であった。

そして渦中の異世界エルフ、アリエルは。

「コォオオオオオ」

キイイイイイイイン

力の籠《こも》った呼吸と共に、手刀の形で開いた右手を銀色に輝かせていた。

「撃てますね、これは」

環に言われなくとも、分かっていた。

忍の知恵の歯車が、高速で回転する。

この状況を打開するための、最善かつ最短の一手を求め、ギュルギュルと暴《あば》れだす。

――埃魔法《ほこりまほう》に〝止〟マークを使うべきではない。

――アリエルの生命維持に関わる埃魔法まで止めかねないからだ。

――最後は周辺住民と異世界エルフの命を天秤《てんびん》に掛けねばならんが、諦《あきら》めるにはまだ早い。

現実の時間は、未《いま》だ一秒と経《た》ってはいない。

しかしアリエルの右手の輝きは、先程よりも大きくなったようにも見える。


猶予はない。

知恵の歯車の回転数が上昇し、状況の打破に結び付きそうな記憶を、片端から掘り起こす。

忍《しのぶ》の脳裏に浮かぶ、いくつかのヴィジョン。


――〝荒熊討耳神之図屏風《あらくまうちしみみがみのずびょうぶ》〟。

――〝天舞降臨耳神之図《そらまいであらわれしみみがみのず》〟。

――地区センター、耳神資料館。

――孫娘に嫌われた、コイワイマキエ氏。


――水をぶっかけて止める、猫の交尾。


糸口を掴《つか》んだ、おぼろげな感触。

知恵の歯車が加速する。


――真夜中の公園と、広場に掘られた魔法陣。

――やたらと吠《ほ》える犬、寒空と老人。

――あの時コスプレ女《御原環》が、俺に放った――


「……そうか」


一部余分な回り道が入ったものの、得られた結論は本物だ。

知恵の回転が収束し、忍は己の為《な》すべきを見定める。

だが現在の位置関係を見るに、忍自身が動いては間に合わない。

義光《よしみつ》はすべてを受け容れたかのように俯《うつむ》いており、すぐ動けそうにない。

故《ゆえ》に忍は、環《たまき》へ鋭く言い放つ。

「コーヒー牛乳をぶっかけろ、御原《みはら》君！」

「わ……っかりましたぁ!!」

こと行動力に関しては忍を唸らせる、年若き才気煥発の女傑、御原環である。

環は即座に忍の意を酌《く》み、目の前のコーヒー牛乳が注がれたマグカップをひん掴む。

そして。

「いっ……けえええええええええええええっ！！！」

遠心力を生かした全力のサイドスローで、忍の頭部にブン投げた！

「な……っ!?」

ゴヅッ

「〜〜〜〜〜〜〜〜〜ッ」


運動超ニガテ系女子高生、御原環《みはらたまき》ではあったが、土壇場での勝負度胸はお墨付きである。

水平軌道で宙を舞うマグカップは、正確に忍《しのぶ》の額《ひたい》を捉《とら》え、強《したた》かに撃ち抜いた。

飛び散るコーヒー牛乳。

床へ落ち、砕けるマグカップ。

そして一撃を食らった忍は、バランスを崩し、声も上げずにブッ倒れる。

「シノブ!?」

「忍!!」

忍自身もさぞかし驚いているだろうが、もっと驚いたのは周りであろう。

優しいアリエルは即座に銀色の光を引っ込め、忍を助け起こしにかかった。

義光《よしみつ》も忍を案じつつ、アリエルと忍が怪我《けが》をしないよう、カップの破片を集め始める。

「シノブ、シノブ、ダイジョブ、ダイジョブ!?」

「づっ……ああ、大丈夫だ」

「イケテル？　ビミョー？　ニガテ!?」

「び……イケテル。大丈夫、イケテルだ、アリエル」

「ホォー」

「ありがとう、アリエル」

ふらつきながらも、さりげなくアリエルの右手を握る忍。

暫《しばら》くこうしておけば、不意にアリエルが輝きだすこともないだろう。

そして破戒の元凶、御原環は。

「まさかこんな方法で解決しちゃうなんて……流石《さすが》は忍さんですね！」

ひと仕事終えた満足顔で腕を組み、ご立派な胸を押し上げながらウンウン頷《うなず》いていた。

「……御原君」

反射的に足を踏みだしかけた義光は、忍が何か言おうとしているのを察し、自らを律する。

「あ、はい」

「君に言いたいことがふたつある」

「えっ……えっ？」

ひとつはお礼として、もうひとつはなんですか？　という感じで小首を傾げる環《たまき》。

「まずひとつ。コーヒー牛乳はアリエルに掛けて欲しかったんだが、何故《なぜ》俺に掛けた」

「あ……あぁー、すみません。なんか私の中で、コーヒー牛乳ぶっかけるといえば忍《しのぶ》さん、的な回路ができちゃってたみたいで……ほんとに……すみません」

「それは構わんが、ふたつ目だ。何故マグカップごと投げた」

「……」

「……」

「……勢いで」

「……そうか」

それ以上は何も言わず、普段の仏頂面《ぶっちょうづら》よりも、少しだけ額《ひたい》に皺《しわ》を寄せながら立ち上がる忍。

仕方あるまい。

未《いま》だ年若く、人格が中田《なかた》忍寄りで、社会経験の少ない半ひきこもりの御原《みはら》環は、突然のパニックに弱いのだ。

「あの……忍さん、私、もしかして大失敗しちゃった感じでしょうか……？」

「大丈夫だ。俺の意図とは少々違ったが、君のおかげで最善の結果を得られた。ありがとう」

「そんな、だって……」

「……大丈夫だ」

ようやく状況を把握した、御原環決死の謝罪も、半ば耳には届いていない。

やむを得ないことだろう。

窮地を凌《しの》ぎ、ひと段落した安堵《あんど》と共に、浮かび上がる現実。

熊の額を叩《たた》き割る、謎《なぞ》の荒熊惨殺砲《アリエルさんビーム》。

目の前の異世界エルフには、同等の破壊を生む力がある。

その事実が示すのは、無情な現実。

異世界エルフが同情され保護されるべき、気の毒な庇護《ひご》者としてではなく。

人類を害し脅かす危険な侵略者として、この地球上から排斥される可能性が生まれた絶望を。

中田忍は、あまりにも正しく、認識していたのだから。

第二十七話　エルフとゲームの達人

ジュウウウゥウゥウ

荒熊惨殺砲騒動《アリエルさんビーム》から、およそ二週間後。

二月二日金曜日、午前三時四十一分、中田忍《なかたしのぶ》邸のリビングダイニング。

「……ウー」

日も昇らない朝寄りの夜、何かの気配を察したアリエルが、寝ぼけ眼《まなこ》で起きだしてくると。

「すまんな、起こしてしまったか」

我らが中田忍は、カウンターキッチンでフライパンを振っていた。

「シノブ、オハヨー?」

「少し眠りが浅くてな。お前は二度寝しても構わんぞ」

「オコトワリシマス」

「ふむ」

そのままとてとてダイニングテーブルの定位置に着き、じっと忍を見上げるアリエル。

かわいい。

「シノブ、オイシー？」

「せめて器に盛るまで待て」

「ビミョー？」

「うむ」

言って忍は、先程まで揺すっていたフライパンの中身を皿へ盛り、白胡麻《ごま》を散らす。

細切りのニンジンと黄金《こがね》色に輝く蓮根が食欲を誘う、きんぴらであった。

「常備菜にするつもりで作ったが、どうしてもと言うなら食べなさい」

「オイシー!!」

「いただきます、だろう」

「イタダキマス!!」

忍はひとつ頷《うなず》き、小皿にきんぴらを取り分け、洗いやすく握りやすいと評判の、アリエル専用プラスチック箸を手渡してやる。

アリエルは満面の笑《え》みでそれを受け取り、箸を天井に掲げ、淀《よど》みない手つきで箸を操り、

「オイシー!!」

フォォォォォン
香ばしい濃い目の甘だれは、異世界エルフのお気に召したらしい。

サクサクパクパクモグモグ忙しいアリエルを尻目《しりめ》に、忍はソファへ座り込む。

「……ふぅ」

「……シノブ?」

突然アリエルが箸を置き、座った忍《しのぶ》へ視線を向けた。

「どうした、アリエル」

「シノブ、ダイジョブ?」

「ああ」

「ダイジョブ?」

「大丈夫だ」

「イケテル? ビミョー? ニガテ?」

「大丈夫だと言っているだろう」

「ンー」

立ち上がろうとするアリエルに先んじて、忍は一枚のカードを掲げる。

異世界エルフの言動を否定で封じる、〝止〟マーク。

「食事中に立ち歩くものではない。何をするにも食べ終わってからにしろ」

「アイ」

「ドカ食いも認めていないぞ。ゆっくり、普段通りに食事を済ませろ」

「……ハイ」

食事周りのマナーには特に厳しい忍の指導を、二か月以上に亘《わた》って受けてきた異世界エルフは、〝ドカ食い〟の意味が理解できずとも、雰囲気で指示に従った。

食事を再開したアリエルを見届け、忍はぐったりとソファにもたれかかる。

「……シノブー」

「なんだ」

「イケテル？　ビミョー？　ニガテ？」

「大丈夫だ」

「……」

アリエルもそれ以上は追及せず、大人しくきんぴらを口に含む。

忍もまた、ソファに身体《からだ》を預け、ぼんやりと天井を見上げた。

◇　◆　◇　◆　◇　◆　◇

同日午前七時三十分、区役所福祉生活課。

「あ、中田《なかた》係長おはよー」

「う、おはようございます、中田係長」

「お、おはようございます、中田係長っ」

方々からの挨拶《あいさつ》にも反応せず、自らのデスクに着く忍《しのぶ》。

その脇《わき》から音もなく、一杯のコーヒーが差し出された。

振り向けば、柔和で清楚《せいそ》なよそ行きの笑《え》みを浮かべた、一ノ瀬由奈《いちのせゆな》。

「中田《なかた》係長、お疲れですか？」

「少し朝が早くてな。ありがとう」

忍は湯気立つコーヒーをそのまま受け取り、口元へと運ぶ。

傍《かたわ》らの由奈が驚愕《きょうがく》に固まる様子にも、まるで気付かぬまま。

「……ふぅ」

「な……っ、かた、係長」

「どうした、一ノ瀬君」

「あ……いえ、失礼しました」

コーヒーを載《の》せてきたトレイを抱《かか》え、いそいそと立ち去る由奈。

そこにちょうど入れ違うタイミングで、福祉生活課長が忍の傍らに立つ。

「おはよう、中田君」

「おはようございます、課長」

「今日もよろしく頼むよ」

「ええ」

最低限の会話だけを済ませ、自席へ戻っていく課長。

忍はその背を見送って、普段通りの業務準備に取り掛かった。


始業時間を過ぎて、そろそろ窓口を開けんとする時間帯の会議室。

「朝礼を終了するが、何か伝達事項がある者はいるか」

「あ、あの、すみません、中田係長っ!!」

恐る恐る、されど決然と手を挙げたのは、福祉生活課支援第一係員、堀内茜《ほりうちあかね》。

先日の騒ぎの後、自ら志願して時々窓口業務の応援へ付くこととなり、不正受給者《ナンバー》213摘発調査と通常の保護受給者監理業務、三足の草鞋《わらじ》で奮闘する現況を、忍もよく知っていた。

――いや。

――不正受給者《ナンバー》213と言えば。

「本日の朝礼で、不正受給者《ナンバー》213関係の情報共有時間を取って頂けると……」

刹那《せつな》硬直し、溜息《ためいき》と共に額《ひたい》を押さえる忍。

「……すまない。示達漏《も》れだ」

どよめく会議室。

それぞれ異なる担当保護受給者《ケース》を持ち、ある程度スケジューリングの裁量権も与えられているケースワーカーを一堂に会させ、情報を共有させられるタイミングは多くない。

今日のように朝礼後のミーティングを挟むなら、事前にその旨《むね》各ケースワーカーへ示達しておく必要のあったところ、今回は忍《しのぶ》がその手配を怠った形になる。

「すんません、俺朝イチで面談入れてるんで、抜けさせてもらっていいっすか」

「そうしてくれ。後で俺から補充連絡を行うか、資料を出す。他に抜ける者はいるか」

心持ちふんぞり返った様子の北村《きたむら》に釣られ、数人が手を挙げて会議室を後にした。

忍はぐっと目を瞑《つむ》り、茜《あかね》へ深々と頭を下げる。

「すまない堀内《ほりうち》君、俺の失態だ。この遅滞が招く影響を、分かる範囲で教えてくれ」

「あ……だ、大丈夫です。今日は外部連携の中間報告だったので、資料を配れれば……」

「その打ち返し意見を吸い上げるのが、今日の本懐だったんだろう」

「う……はい」

「重ねて、すまない。俺のほうで可能な限り、リカバリー手段を検討しておく」

「あ、あのっ、中田《なかた》係長っ!!」

直《ただ》ちに次の行動へ移ろうとする忍を、茜が声と身体《からだ》で遮《さえぎ》った。

その表情は、先程のそれよりも、心なしか固い。

「あの、本当に……すみませんでした」

「何故《なぜ》君が頭を下げる」

「ただでさえ忙しい中田係長に、不正受給者《ナンバー》２１３対応のご教示を頂いて、窓口業務の手伝いにも話を繋《つな》いで頂いて、ご無理をさせてしまったから、その……」

「どれも俺の為《な》すべき業務で、これは俺の犯した失態だ。君に礼を言われる道理も、詫《わ》びられる道理もない」

「でもっ!!」

「大丈夫だ。それよりも、残れた皆と話を進めてくれ」

「……」

「堀内君」

「……はい」

他に言葉を見つけられず、茜は皆の前へと向かうのだった。

◇◆◇◆◇◆◇

同日午後五時三十分、区役所福祉生活課。

自らのデスクを綺麗《きれい》に片付けている忍の前へ、福祉生活課長が歩み寄ってきた。

「中田君」

「お疲れ様です、課長」

慇懃《いんぎん》に挨拶《あいさつ》し、作業を続けようとした忍だが、どうやら課長に立ち去る様子がないものと気付き、一応椅子《いす》から立ち上がる。

「今日は随分調子が悪そうじゃないか。何か心配事かな」

「調子……」

目を逸《そ》らし思い返して、朝礼後の示達漏《も》れの件へ思い至る。

「課長の耳にも入っていましたか。お恥ずかしい」

「中田《なかた》君は普段、しっかりしているからね。こんな些細《ささい》な手違いも、大きな噂《うわさ》になるようだ」

「恐縮です」

「そう畏《かしこ》まらないで欲しいんだが……どうだろう、ストレスの共有を兼ねて、軽く一杯――」

「課長、ダメですよ、ダメダメ。保健師チェック入りま～す」

忍《しのぶ》と課長の間に突如割り込んできたのは、福祉生活課のお局こと専属保健師、菱沼真理《ひしぬままり》。

「傷病者の回復には飯、風呂《ふろ》、寝るが最適解なんです。真《ま》っ直《す》ぐ帰してあげてくださ～い」

普段通りの軽口と共にウインクを飛ばす真理へ、忍は何故《なぜ》か渋面を深める。

「菱沼さん、俺には怪我《けが》も病気もありません。至って普段通りです」

「えー、じゃあ中田係長、課長と呑《の》みに行きたい感じ？」

「いえ、そういう訳ではないのですが」

「……え、じゃあ、なんでわざわざ健康アピールしたの？」

「元々呑みはお断りするつもりでしたが、誤りは正さねばなりません」

「……そ、そっかぁ」

課長は絶句し、真理も若干どころではなく引いている。

忍のお気持ちマシンガン、残虐なまでの一斉掃射であった。

「それでは、お先に失礼致します」

「……あ、ああ。中田君、お疲れ様。明日も宜《よろ》しく頼むよ」

「は～い。お疲れ様、中田係長」

形ばかりに頭を下げて、そそくさと行政事務室を後にする忍。

そのデスクには、電話とパソコン、文房具類以外、何も置かれていなかった。

◇◆◇◆◇◆◇

同日午後八時二十九分、中田忍邸のリビングダイニング。

忍はソファで俯《うつむ》き、じっと思索に耽《ふけ》っていた。

何しろ、考えることが増え過ぎている。

元々存在した問題が、目に見えるほど肥大化しただけ、とも言えるが。

——烏滸《おこ》がましい話だった。

——俺はただ、見誤っていただけなのに。


身分さえ与えられれば、後は忍《しのぶ》自身の努力で解決できると考えていた。

無事にアリエルを現代社会に送り出せる、などと、根拠のない確信を抱いていた。

だが、いざ蓋《ふた》を開けてみれば、どうだ。

すべてを解決するはずの公的な身分は、逆に最悪の断絶を招きかけた。

異世界エルフどころか、旧知の親友たる徹平《てっぺい》とすら、相互理解を確立できていなかった。

そして、異世界エルフを送り出すべき現代社会にも、冷たい影が差していた。

アリエルの無垢《むく》な優しさに触れたからこそ、新たに抱く懸念。


『……今の世界《わたしたち》は、かぐや姫を迎えられるほどに、美しいんでしょうか』


憂《うれ》いと共に放たれた由奈《ゆな》の言葉は、今も忍の心中で渦を巻く。

しかし、そもそも、アリエルばかりではないのだ。

現代社会を生きる人類もまた、異世界エルフの脅威と向き合うこととなる。

耳神様《みみがみさま》の似姿を前に、アリエルの右手へ宿った、銀色に輝く謎《なぞ》のエネルギー。

あれは、破壊に連なる光だろうか。
あれが、アリエルの全力なのだろうか。
室内の忍たちを慮《おもんぱか》って、出力を抑えていただけではないのだろうか。
脳裏に浮かぶのは、邂逅《かいこう》当初の懸念。
人類に仇《あだ》為す可能性のある、世界に望まれない異物。
異世界エルフの存在を認め居場所を与えた、浅はかな中田《なかた》忍の悪徳が、忍自身を苛《さいな》む。
謎の監視者は〝君の望むままに〟と、アリエルへメッセージを残した。
しかし、異世界エルフ《アリエル》の望む未来を、中田忍は、この世界は、受け止め切れるのか。
敵は現実。
逃れ得ぬ現実。
——今更《いまさら》、退く道などあるまい。
——元を辿《たど》れば、俺自身の意志で始めたことだ。
——何がどう転ぼうが、決着を見届けるのも、俺の負うべき責務だろう。

「……さん、忍《しのぶ》さん、おーい、忍さーん」

「……む」

気付けば環《たまき》とアリエルが、両サイドから忍の表情を観察していた。

ふたりで熱中していた積み木ゲームの手をわざわざ止めて、様子を見に来たらしい。

「こんなところで寝たら風邪ひいちゃいますよ。布団に入りましょう、布団に」

「寝てはいないし、まだ片付いていない家事もある。俺には構わずとも大丈夫だ」

「簡単なものなら私がやっておきますよ。この際、お小遣い貰《もら》ってでもこなしてみせます」

「馬鹿《ばか》を言うな。バスの時間を勘案し、遅くとも午後十時前にはここを出る約束だろう」

「そのときはその……ほら、明日土曜日ですし、アリエルさんと添い寝の練習なんかも……」

「そこまで許した覚えはない。保護者の許可も取らずに外泊など、流石《さすが》に一線を越えている」

「はぁい、すみません」

自身の拳《こぶし》を額《ひたい》にちょんと当て、おどけた調子で謝罪する環。

先日、荒熊惨殺砲乱射事件《アリエルさんビーム》未遂を誘引した上、コーヒー牛乳をマグカップごと忍の頭部に投げつけた事実など、忘れたかの如《ごと》き快活さであった。

だがこれは、御原《みはら》環の不義理ではない。

中田《なかた》忍は御原環に、子供らしく大人に甘え、アリエルと友誼《ゆうぎ》を結ぶよう求めた。

そして環は忍に応《こた》え、彼女にとって当然の遠慮を敢《あ》えて呑《の》み、全力で忍に甘えている。

ならば忍も、真摯《しんし》に環の心へ応えねばなるまい。

御原環の心を掬《すく》い上げ、癒《い》やすと決めた選択もまた、忍の清算すべき悪徳なのだから。


「じゃあアリエルさん、続きやりましょっか」

「アイ」

忍の目線の先では、環とアリエルが積み木ゲームを再開していた。

女子高生たる御原環の活躍により、アリエルは既《すで》に入浴を終えた湯上がりパジャマ姿であり、環も普段着こそ着ているものの、ほんのり髪先を湿らせている。

つまるところ忍が目にしているのは、風呂《ふろ》上がりの異世界エルフと現役女子高生がキャッキャウフフと戯《たわむ》れているなんともなんともな状況なのだが、そこは中田忍である。

修学旅行生を世話する旅館の人の如き無機質な感情で、その戯れを見守るのであった。

「はい、積み木を一番上に置けました」

「ホォー」

積み木ゲームに公式ルールが存在するのかは忍も知らなかったが、環とアリエルが興じているのはスタンダードなゲームルール、即ち三列互い違いに積み上げた積み木を一本ずつ抜き、タワーの上に載《の》せ続けるスタイル。

「次はアリエルさんの番ですよ」

「アイ」

共感力欠乏系大人選手権日本代表筆頭候補の中田忍《なかたしのぶ》の目を以《もっ》てしても、環《たまき》とアリエルの間に、人類で言う〝友情〟らしき関係性が築かれつつある事実は明白であった。

ある種の一線を引いて異世界エルフに接する大人たちよりも、良くも悪くも生の感情をぶつけてしまう環のほうが、素直なアリエルには馴染《なじ》みやすいのだろう。

「……」

アリエルは積み木タワーの下から五番目くらいにある、かなり重量のかかっていそうな積み木を、ゆっくり、ゆっくりと引き抜いている。

その光景を前に、ふと浮かぶ疑問。

「御原《みはら》君」

「はい?」

「俺は積み木ゲームにも構造力学に疎《うと》いので、ひとつ確認したい」

「別に私も詳しくはないんですが、なんでしょう」

「崩れないか。あの位置を抜いたら」

「ああ……可能性大ですね」

そう。

構造力学を持ち出すまでもない。

かなり重量のかかっていそうな積み木を抜けば、タワーは崩れるのだ。

「例えばその中腹辺りにある、みっつ並んだ真ん中を指で押し出す訳にはいかないのか」

「むしろ定石《じょうせき》ですね。左右の積み木が支えになりますから、安定度の高い位置だと思います」

「ならば何故《なぜ》アリエルは、不安定な位置を狙うんだ」

「それは私にも分かりませんが……強《し》いて言うなら、タワー全体のバランスが危うい状態で手番を回せば、相手の手番でタワーが崩れる可能性を高められます」

「無謀かつリスキーな積み木のチョイスは、アリエルなりのチェックメイト《とどめ》だと？」

「……恐らくは」

「ふむ」

「アリエルさんはゲームに慣れていないでしょうから、私も気楽な遊びのつもりでいたんですがね。ちょっと本気を出すべきでしょうか」

環が芝居がかった言い回しで、勝負師の顔を見せていた。

忍は大人の優しさから、その振る舞いの恥ずかしさを指摘しようかと一瞬思ったものの、他に気になることがあったので、ひとまず放っておくことにした。

そうこうするうちに、アリエルは。

「ムムムムムム」

少しずつ、少しずつ、積み木をずらして。

「……」

スッ

「……ホォ」

「見事だな」

「やりますね、アリエルさん」

タワーは危ういバランスで揺らいだが、なんとか崩れず静止した。

続けて慎重に、慎重にタワーの上へ引き抜いた積み木を載《の》せ、アリエルの手番が終わる。

振動を抑えるためだろうか、表情とゆったりした身振りだけで喜びを表現するアリエル。

かわいい。

「シノブ、シノブ」

「ああ。イケテルぞ、アリエル」

視線で称賛を求めるアリエルに、忍《しのぶ》も水を差さないよう、そっとアリエルの頭を撫《な》でる。

喜びで何か噴き出してしまいそうになっており、懸命に堪《こら》えている様子がまたかわいいのだが、忍は随分うまく我慢できるじゃないか、次の食事からはもっとしっかり制御させねばならんなとか、なんともつまらない感想を抱くばかりなのであった。

対して、中二の抜けない高校一年生、御原環《みはらたまき》である。

「ヒトのチカラを甘く見ないで頂きましょう、アリエルさん。パーティーゲームで後れを取ったとあれば、御原環の名折れです」

「御原君はパーティーゲームが得意なのか」

「いえ。いつ誘われてもいいように、イメージトレーニングだけはばっちりでした」

「そうか」

「引きました？」

「いや。有事に備える高潔な志《こころざし》に感心した」

「なんですかそれ」

まんざらでもない様子で、積み木のタワーに向き合う環。

吹けば揺らぎ崩れそうな、継《つ》ぎ接《は》ぎだらけの楼閣《ろうかく》へ、環の指がそっと刺さる。

環が選んだのは、忍《しのぶ》が先程指摘した、安定度が高いという中腹の三つ並び。

「三つ並びの中央は定石《じょうせき》だったな」

「はい。しかも、アリエルさんが抜いたものと平行の位置関係にある積み木です。この方向に力を加えても、アリエルさんが抜いた積み木とは、関係なく！」

スッ

「……安全に一本、抜き取れます」

積み木をタワーの上に載《の》せ、ダテメガネを外して卓上に置きながら、静かに呟《つぶや》く環。

鼻の頭の汗が気になったわけではなく、単に格好をつけているだけだ。

「タマキ!!　イケテル!!　タマキ!!」

そんな環を見て、何故《なぜ》かご満悦なのがアリエルであった。

まるで自分のことのように、いや自分のときよりも興奮した様子で、上半身だけ使った珍妙な踊りを披露し、環を祝福していた。

「御原君」

「面白くなってきましたね。アリエルさんもテンション上がってるみたいで」

「いや、恐らく違う」

「え？」

燃え上がる闘志に水を差され、少しだけ不満げな環。

だが忍はと言えば、己の発見の意味を吟味《ぎんみ》過ぎるほどに吟味し、片手で頭を抱《かか》えていた。

「どうしたんですか、忍さん」

「俺は……いや俺たちは、とんでもない考え違いをしていたんだ」

「……はい？」

「アリエルを見てくれ」

言われるまま、アリエルのほうを向く環《たまき》。

そこでは。

「……ムムムムムムム」

アリエルが先程よりも真剣な表情で、さらに抜き取りの難しそうな、ゴリゴリに重量のかかっている積み木を、どうにかして抜き取ろうと足掻《あが》いているのであった。

「他に取れそうな積み木は、俺の目から見てもいくつかある」

「……そう、ですね」

「にもかかわらず、何故《なぜ》アリエルはあの積み木を狙うのだろうか」

「分かりません。戦略として狙うにしても、リスクが大き過ぎます。どうしてわざわざ」

「そこが俺たちの考え違いなんだ」

「え？」


「教えてくれ御原《みはら》君。このゲームは、何をどうしたら終わるんだ？」

環は答えない。

咄嗟《とっさ》には、答えられない。

なぜなら環にとっては、あまりにも答えの分かりきった質問だったから。

「……積み木を抜くとき、タワーを崩した人が負け。それでゲームが終わります」

「だろうな。だがアリエルにとってはそうでなかったとしたら、どうだ」

環は呆然《ぼうぜん》としながらも、今までの対戦について思い返す。

勝敗はおおむね七分三分で、環の勝ち越し。

定石《じょうせき》通りの戦略で攻める環に対し、繊細な技術で追従するアリエルといった形だ。

しかしアリエルは、環が積み木を抜き取る度、全力の祝福を見せていなかったか。


もっと言えば。


「アリエルは、御原君が取りやすい積み木を残しながら、敢《あ》えてアリエル自身で難しい積み木に挑み、互いに協力して高いタワーを作ろうとしていた、という捉《とら》え方はできないか」

「……ちょ、待って、待ってくださいよ、何それ、えええええ……」

「俺も君と同じことを考えているはずなんだが、そんなに嫌《いや》な声を出すような話か」

「当たり前じゃないですか!!」

「ふむ」

「だってそしたら私、ひとりで物凄《ものすご》いやる気出してイキってた嫌な奴《やつ》ってことになるじゃないですか……なんなんですかもう恥ずかしいなあもうもうもうっ!!」

「真摯《しんし》な態度で勝負に臨むのは、むしろ称賛されるべき姿勢だろう。結果的にアリエルも喜んでいるのだから、君が消沈する必要はあるまい」

「あるんですよ私には!!」

プリプリした身体《からだ》つきの環《たまき》がプリプリしており、忍《しのぶ》がいつもの仏頂面《ぶっちょうづら》でそれを受け流す中、アリエルはまるで機械のように素早く、そして正確な動きで、少しずつ、少しずつ重量のかかりまくった積み木をずらしてゆくのだった。

◇◆◇◆◇◆◇

積み木ゲームの終了直後。

忍は仮説を実証すべく、リバーシのセットを準備し、アリエルと対戦を始めていた。

「アイ」

異世界エルフお得意の、盤外戦術。

角を取った忍の黒駒の隣、つまり盤の外に白駒を置き角を取り返す、掟破りの必殺技だ。

「ふむ」

普段ならば人類側のルールに則り、盤外には駒を置かない忍であったが、今回は必要な検証のため、敢《あ》えて盤外に駒を置き返し、アリエルの白駒をまとめて黒駒に戻す。

「シノブ、イケテル!!」

そして、このアリエルの喜びようである。

かわいい。

「黒が六十一個、白が三個で、俺の完勝だな」

「アリエル、チンモク!!」

「そうだな。いいゲームだった」

「ンフー」

軽くぷしゅぷしゅ噴き出しながら、嬉《うれ》しそうな様子のアリエル。

「……忍さん」

「ああ」

リバーシの盤面を見やる忍。

盤外に置かれた駒の分、やや虫食い状態ではあるものの、おおむね真っ黒に染まった盤面は、見る者にある種の美しさを感じさせた。

「アリエルの中には、勝負や競技の概念が希薄、あるいは皆無なのだろう。リバーシにせよ積み木ゲームにせよ、互いに協力して芸術作品を造る遊びとでも思っているんじゃないか」

「……その発想はありませんでした」

「ウー？」

「お前が優しい異世界エルフで良かった、という話だよ」

「シノブ、タマキ、ウレシー!!」

攻撃性の欠片《かけら》も見せない態度で、へにゃりと笑うアリエル。

かわいい。

「まだ検証の必要な仮説であり、即断は早計とも認識している。しかし本人がこれではな」

「……そうですねぇ」

「そして、もしこの推論が正しければ、アリエルと耳神様《みみがみさま》は種族こそ同じ可能性があるものの、個体としては別の存在である可能性が高まる」

「え、そうなっちゃうんですか？」

「そうだろう。異世界における異世界エルフのコミュニティがどうなっているのかは知らんが、この地球上では、犬猫の類《たぐ》いにすら生死を伴わない勝負《マウンティング》の概念が存在する。人類の歴史は侵略と戦乱の歴史、日本においても例外ではない。あるいは単に娯楽として、神仏に武を奉納する、奉納試合という風習も存在する。過去の日本に存在した耳神様が、そうした勝負や競技の概念を理解せずに来たと見るのは、やや非合理的ではないか」

「まあ、争いはどこにだってありますもんね。女三人寄れば派閥ができるって言いますし」

「言わない」

「言いませんか？」

「女性の語らいが騒がしいさまを表す諺《ことわざ》『女三人寄れば姦《かしま》しい』と、ヒトの群れたがりを揶揄《やゆ》する俗語『三人いれば派閥ができる』を混同し誤用したのだと推察する」

「……すみません」

「気にするな。君ぐらいの年頃《としごろ》ならば、諺自体をろくに知らん者も多いだろう」

「まあ、それはあるかもです。私も実は理系脳なんで、国語の授業あんまり好きじゃないし」

大真面目《まじめ》に言い放つ環《たまき》。

なお、この場には直接関係ない話だが、御原《みはら》環は文系の問題で困ったときには理系脳、理系の問題で困ったときには文系脳を自称する癖があることを、一応明らかにしておく。

「そうなのか。耳神様の研究など、いかにも文系の作業のように感じられるが」

「そこはもう、一生懸命頑張りましたよ。中学に入ってからなんかは、授業で古文もやりますから。自前で揃《そろ》えた参考書と、国語の教科書なんかを見ながら……」

そこで、環の動きがぴたりと止まり。

「……ぁあああああああああああっ！！！？？？」

絶叫した。

「む」

「ヒッ」

午後九時過ぎという時間帯、ご近所のご迷惑を考えた忍《しのぶ》がちょっと嫌《いや》な顔になり。

突然の大声で、アリエルが普通にビビっていた。

「御原《みはら》君、時間帯と状況を考えて欲しいんだが」

「忍さん!!!!!!」

忍に掴《つか》みかからんばかりの勢いで迫る環《たまき》。

流石《さすが》の忍もただごとではないと察し、一旦《いったん》お説教の言葉を止めた。

「どうした、御原君」

「分かったんですよ、アリエルさんの正体が」

「正体とは」

「ショータータイ」

Ｓｈｏｗ Ｔ·ｉｍｅを想像したわけでもないだろうに、きょとんとしたまま両手を広げ、己の存在を大きくアピールするアリエル。

かわいい。

「落ち着いて聞いてください、忍さん」

「俺は落ち着いている。君が落ち着いて話せ」

「あ、はい」

我に返った環が、忍からそっと身を離し。

「じゃあ、結論から言いますね」

「ああ」


「アリエルさんは、宇宙からの来訪者です」


「……ふむ」

忍の表情が強張《こわば》り、知恵の歯車がギュルギュルと回転を始める。

無理もあるまい。

この時点で忍は、由奈《ゆな》の語った羽衣《はごろも》とかぐや姫の話を、環に伝えていないのだ。

ということは図らずも、出身や考え方、生活環境も全く違うふたりの口から、異世界エルフと宇宙を結びつける仮説が提示されたことになる。

「異世界エルフ改め、宇宙からの来訪者、か」

「突飛な思い付きだとお考えですか？」

「いや、論ずるに値する、貴重な意見だと考える。早速根拠を聞かせて欲しい」

「分かりました」

「シノブ、リバーシ?」

「今日はここまでとして、御原《みはら》君の話を聞きたい」

「アイ」

アリエルは素直にソファへ腰掛け、両手を広げて環《たまき》待ちの姿勢を取るのであった。

かわいい。


「ヒントになったのは、忍《しのぶ》さんが仰《おつしや》った『生死を伴わない勝負《マウンティング》の概念』ってお話です」

頭の上にアリエルの巨乳を載《マウントさ》せられた環が、真剣そのものの表情で忍に語る。

忍は真面目《まじめ》に聞いているものだから、絵面《えづら》がひたすらシュールであった。

「忍さん、生死を伴わない勝負《マウンティング》に絶対必要な要素って、なんだと思います?」

「相手。それも立場や力量、持ちうる知識や文化が対等に近い相手だ」

「私もそう思います。逆説的に言えば、勝負の概念を持たないアリエルさんには、それら概念を得る機会自体が欠けていたと考えるのが自然です」

「即断は早計だと伝えた筈《はず》だ。勝負の概念が存在しないとまで、現段階では言い切れまい」

「ええ。でも、勝負の概念がない方向で仮定すると、説明のつけられることがあります」

「なんだろうか」

「アリエルさんの、いびつな精神性《メンタリティ》です」

「ふむ」

「アウ？」

強めに自分の名前を呼ばれたので、環の顔を覗《のぞ》き込むアリエル。

必然的に乳房で頭部が圧迫され、環のダテメガネがちょっとずれた。

「私から見てなんですけど、言葉が通じないだけで、アリエルさんの知能はすごく高いって感じますし、こんな風に私を甘やかしてくれる、大人みたいな包容力もありますよね」

「そうだな」

「その一方で、偽エルフ耳をいじって喜んだり、壊しちゃっておろおろしたり。聞いた話だと、夜はひとりじゃ寝れないんですよね？」

「やや語弊があるように感じるが、その通りだ。いつも俺か一ノ瀬《いちのせ》君で添い寝している」

「私もしたいです」

「その論議は別の機会に持ち越そう。少なくとも今晩は許さん」

「はーい」

忍も心中で、これまでのアリエルの言動を振り返る。

アリエルは最初期の邂逅《かいこう》において、両の生乳をいきなり揉《も》まれる恥辱《ちじょく》を受けてなお、人類の文化を見定めんとする姿勢を取った。

積極的に同調行動を取り、結局は生乳を揉《も》み合う挨拶《あいさつ》にも迎合した。

成熟した知能と判断力を持ち合わせていなければ、起こり得ない行動と言って良いだろう。

「私から見たアリエルさんは、大人の包容力と倫理観、子供の無邪気さと好奇心が同居している一方で、他者への攻撃性とか、欲望任せに悪いことをしちゃうような、アリエルさん自身や周りにとって危うい部分だけが、すっぽり欠けてるように感じるんです」

「ああ」

「私はこの精神性《メンタリティ》を、敢《あ》えていびつと表現しましたが……実は、少し見方を変えさえすれば、とても合理的な解釈ができるんです」

「ふむ」

「アリエルさんは面倒を見る側《じんるい》にとって、限りなく都合のいい精神性《メンタリティ》を持ってるんです。まるで、そうあるように仕組まれた、つくりものみたいに」

「……」

「漫画やアニメでも、結構見かけますよね。外宇宙から来た謎《なぞ》の宇宙人が、地球の文化を調査するために、無害でまっさらな調査検体《プローブ》を送り込んで、宇宙人は調査検体《プローブ》がどう扱われるかで地球の危険性を判断して、危険そうなら地球ごと滅ぼしちゃえ……みたいな」

努めてそうしているのだろうか、環《たまき》の表情は冷たく強張《こわば》っている。

忍《しのぶ》はといえば、普段通りの仏頂面《ぶっちょうづら》を崩さないままで、知恵の歯車を回転させる。

〝人類の文化を測るため、外宇宙からもたらされた秘密の使者〟。

世俗に疎《うと》い忍とて、そのくらいのお約束展開に覚えはある。

数多《あまた》の創作者に手垢《あか》を付けまくられ、あまりに一般化され過ぎた、陳腐に過ぎるこの話。

しかし、忍は考える。

この話が、どれだけフィクションとして陳腐でも。

人類の公な歴史の上では、まだ一度として現実にはなっていないのだ。

「……つくりもの、か」

「すみません。嫌《いや》な言い方でした」

「いや。俺にも思い当たる点があってな」

「思い当たる点、ですか？」

「御原《みはら》君からすれば自然に映るのかもしれないが、ここへ来た当初のアリエルは、感情の動きこそ見せていたものの、表情の変化などは滅多に確認できなかった」

「……今は普通に笑ったり、楽しそうにしたりしてますけど」

「仮に、アリエルが邂逅《かいこう》直前に出来上がった、人類を調査するためのつくりものだとしたら、豊かな表情や感情は、俺たちとの関わりから初めて生まれたとする推察も可能だ」

「そう……です、ね。確かにそうです」

環《たまき》はひとつひとつ、自分自身の中で考えを踏み固め、確かめるように言葉を紡ぐ。

その様子を見て、忍《しのぶ》は少し悩む様子を見せたものの、すぐに顔を上げた。

「君の提言は理解した。検証するに有為なものだと認めたいところだ」

「じゃあ早速始めましょう。まずは資料館の画像とレポートの洗い直しから」

「それはできない」

「えっ？」

壁掛け時計を指しながら、自らのスマホを確認する忍。

「午後九時二十分を過ぎている。バスに間に合うよう帰り支度を始めるんだ」

「いえあの、ちょっと待ってください」

「俺は待てるが、路線バスは待ってくれないぞ」

「忍さんだけ待ってくれればいいんですよ!!」

「ほう」

「ほうじゃないです。今すっっごくいい流れだったじゃないですか。どうしてこの流れで帰されることになっちゃうんですか!?」

「どうしても何も、アリエルの出自は気になるところだが、それこそ今夜中に解き明かすべきすほうが、俺にとって重要な問題だと考える」

課題でもあるまい。いつ調べても変わらんアリエルの正体より、今を生きる御原《みはら》環の素行を正

「……むぅ」

まんざらでもない様子の環。

研究者モードと女子高生モードの間をふらふらしている感じで、面白い表情になっていた。

そしてアリエルは、環を優しく抱きすくめる。

「カエルツモリデス？」

「……そうですね。忍さんにも心配かけたくないし、今日のところはバイバイしようかな」

「バイバイ？」

「ええ。また明日、です」

「アイ。タマキ、バイバイ」

少しだけ寂しげに、そっと乳の拘束を解くアリエル。

一見素直に帰るように見せ、さりげなく明日来る宣言をしている辺り、流石《さすが》は強《したた》かである。

忍のほうでも、ルールの中で為《な》される協力と来訪は、とても有難い話であった。

「では、バス停まで送ろう」

「私は大丈夫ですよ。アリエルさんを寝かせる準備とか、色々あるんですよね」

「より危険なのは君だと判断した。信頼して甘えろ」

「……はーい」

やはりまんざらでもない、御原環《みはらたまき》であった。

◇◆◇◆◇◆◇

同日、午後十一時五十三分。

忍《しのぶ》はいつも通り拘束を抜け出し、アリエルを起こさないよう気を配りながら、同じ部屋の中でパソコンのディスプレイに向き合っていた。

調べているのは〝竹取物語〟。

〝あえなく〟〝甲斐《かい》あり〟〝甲斐なし〟といった、現代語にも通じる言い回しの出典であることなど、忍としても興味を惹《ひ》かれるポイントが多々ある、愉快な調べモノのはずなのだが。

その表情は、ずっと曇ったままだ。

時の帝《みかど》が隠棲《いんせい》するかぐや姫の下《もと》へ不意をつき訪れると、かぐや姫は清い光の内にいて、すぐにその身を光に溶かし隠れてしまったのだと言う。

そして、天人たるかぐや姫は、極めて聡明で、永い寿命を持ち。

地上の穢《けが》れに触れれば気分を崩し、真なる天の羽衣《はごろも》を纏《まと》えば、物思いをなくすのだと。

〝バーナム効果〟という言葉がある。

多くの場合に当てはまるような、曖昧《あいまい》な表現を用いることで、あたかも真実を予言したように思わせる心理現象のことらしいが。


突如地球上に出現したとみられる、謎《なぞ》の異世界エルフ。

寂しさが募ると、光の粒で周囲を満たしてしまうアリエル。

ひどく聡明で、愛らしい容姿と白雪の如《ごと》き美しい肌を持ち、恐らく寿命も長いのだろう。

エルフの羽衣を纏うと、まるで別人のように神秘的な雰囲気が漂うアリエル。

誰《だれ》にでも当てはまるごまかし、などと、果たして言い切れるだろうか。


「……」

忍はディスプレイから目を背《そむ》け、黙考する。

バス停での由奈《ゆな》の話にあった、世界各地に伝わるという『羽衣を着た天女が空から降りてくる』モチーフの話を調べたが、その結末はどれも似たようなものだった。

『異界から現れた存在が、結局元の世界へ還《かえ》っていく形での、身も蓋《ふた》もない突然の別れ』。

アリエルもまた、その流れに連なる存在であるのなら。

「お前も、いつか帰るのか」

「……ウー？」

目を覚ましたアリエルの返事で、忍《しのぶ》は初めて、自身の独り言に気づくのだった。

「アリエル、カエル？」

「すまない。起こすつもりはなかった」

「……シノブ」

「忘れてくれ。話しかけたわけじゃない」

「シノブ、バイバイ？」

「……」

今、アリエルが何を思って〝バイバイ〟と言ったのか、忍には分からない。

ただ何故《なぜ》か、そのまま看過することはできなかった。

「……」

忍はゆっくり、アリエルへと振り向いて。

「バイバイではない。お前がさよならするつもりなのかと、少し考えていたんだ」

「……サヨナラ?」

〝バイバイ〟と〝さよなら〟。

微妙なニュアンスの違いを理解できない様子で、アリエルはおかしな表情になっていた。

裏を返せば、おかしな表情になる程度には意味が伝わっているのだが、今の忍はそこまで考えを広げられなかった。

その代わり。

「こう……宇宙……空の彼方《かなた》に……こう、ふわふわとだな」

「フワフワ?」

「飛んでいくんじゃないか、と考えていたんだが」

「アリエル、トンデク?」

「……ふむ」

アリエルの食いつきを感じたせいか。

はたまた自身の語る内容に、思うところがあったせいなのか。

「少し、待っていてくれないか」

「ハイ」

忍はコピー用紙を一枚手に取って、寝室からダイニングキッチンへと移動する。

そして、少し後。

「……いいだろう。こっちへおいで、アリエル」

「アイ」

促されるまで待ってから起き上がり、とてとてと部屋を出るアリエル。

かわいい。

そして忍《しのぶ》は、既《すで》に必要な準備を済ませていた。

「……ホァ？」

アリエルの目の前には、カーテンだけが開け放たれた、ベランダに通じる掃き出し窓。

底冷えする澄んだ空気の中、殆《ほとん》ど雲のない空の上には、丸い月がぽっかりと浮かんでいる。

アリエルにとっては、若月《わかつき》一家を見送って以来であろう、窓越しに見る地球の夜空。

そして。

「これがさよならだ、アリエル」

「アゥ」

忍の手から放たれた、一翼の紙飛行機。

翼を広く、先端をゆるい鈍角に折られたそれは、ふわふわゆったりとした軌道を描きながら、確かに月を目指して。

コッ

透明なガラスに阻《はば》まれ、力なくフローリングへと墜落した。

ベランダに通じる掃き出し窓の鍵部分には、〝止〟マークがきっちり貼《は》られている。

剝《は》がすのも面倒だし、窓を開け紙飛行機を飛ばせば回収もできず、ご近所に迷惑がかかる。

故《ゆえ》に、窓を開けずに紙飛行機を飛ばし、さよならだと言い張るのは、忍からすれば合理的な考えのはずだったのだが。

「さよならを教えるには、少し飛距離が足りなかったかもしれんな」

何故《なぜ》かばつの悪そうに、ひとり呟《つぶや》く忍。

そしてアリエルは、引き寄せられるように、窓際の紙飛行機へと歩み寄り。

「……サヨナラ」

そっと紙飛行機を拾い上げ、じっと見つめていた。

その表情は、どこか憂《うれ》いを帯びていて。

忍は暫《しば》し、掛ける言葉を選んでいたが、結局。

「……遅くに悪かったな、アリエル。今日はもう寝ることにしよう」

「……シノブ」

「お泊まりだ、お泊まり」

「ハイ」

おずおずと忍《しのぶ》に歩み寄る、アリエル。
その様子に、いつもの快活さは微塵《みじん》も見られず。
忍はアリエルから紙飛行機を奪い、空いた手を取って、ベッドへと誘うのであった。

◇◆◇◆◇◆◇

それから、どれくらい経《た》っただろうか。

特段の前触れもなく、忍は目を覚ました。
完全遮光の室内は、もちろん真っ暗。
ただ、スマートフォンで時間を確認せずとも、本能的な感覚が告げる。
恐らく今は、まだ真夜中だ。

首だけを動かし、辺りを見回す。
うっすらと目が慣れてきて、ぼんやり周囲の状況が見えてきたところで、ふと気づく。

——アリエルがいない。

焦って身を起こし、ベッドのそこここに手を這《は》わせるが、寝具以外の感触はない。

背筋が凍る。

「アリエル……!!」

灯《あか》りを点《つ》けることも忘れ、忍は寝室を飛び出した。

視線だけで玄関の施錠を確認し、リビングダイニングへと向かい。


理解不能な現実を、目《ま》の当たりにする。

「……アリエル」


開け放たれた、掃き出し窓のカーテン。

窓越しに見える、妖《あや》しく輝く丸い月。

そして。

エルフの羽衣《はごろも》と、本物のエルフ服を着て窓際に佇《たたず》む、異世界《アリエル》エルフ。

第二十八話　エルフとオーバードライブ

忍《しのぶ》の知恵が高速で回転する。
いや、忍が意識的に回転を高めている。
やむを得まい。
既《すで》に目の前の現実は、理解不能の次元へ到達していた。
アリエルはベランダに通じる掃き出し窓の傍《かたわ》らで、置物のように佇《たたず》むばかりだ。
月光に照らされたその姿はいかにも神秘的で、犯し難い雰囲気を漂わせている。
「……」
アリエルは微笑《ほほえ》んでいた。
いや、正確に表現すれば、微笑みとは呼べないのかもしれない。
乾き切った眼差《まなざ》しに、口角だけがほのかにつり上がる、能面のように強張《こわば》った微笑み。
嫌《いや》でも連想してしまう。

古書に描かれた耳神様《みみがみさま》。
天より降臨する耳神様。
巨熊を撃ち殺す耳神様。
アルカイック・スマイル。

不合理、不可解、不明瞭《めいりょう》なこの状況を、忍は未《いま》だに呑《の》み込めない。
忍の知恵は、空回りを続けている。
様々な情報が猛スピードで脳内を流れているのに、ひとつひとつの繋《つな》がりが見えない。

〝つくりもの〟かもしれない、アリエル。
アリエル、宇宙からの使者説。
竹取物語。
かぐや姫
天女伝説。
バーナム効果。
ふわふわ。
月へ舞う紙飛行機。

回転は収束し、やがてひとつの結論に至る。

「アリエル」
「ハイ」

「さよならのためか」

「ハイ」

アリエルの穏やかな表情は、少しも崩れることなく。
かすかに震える指先だけが、アリエルの生の感情を表しているようにも見え。
同時にそれは、アリエルの動かぬ決意を象徴しているかのようでもある。
「……」
その一方で忍《しのぶ》自身の心は、水鏡のような落ち着きを取り戻していた。
ヒントは、いくつも示されていたのだ。
エルフの羽衣《はごろも》は、アリエルの背へ取り戻されている。

それに呼応するかのように、アリエルはこれまで流さなかった涙を、初めて流した。

竹取物語のかぐや姫は、天の羽衣を纏《まと》って物思いをなくし、月へ還《かえ》ったという。

だが、かぐや姫は帝のため、不死の薬を地上に残している。

『物思いもなくなりにければ』とは『地上への未練をなくすこと』と同義だったのか。


──違ったとしたら、どうだ。

──かぐや姫は、『心をなくした』のではなく。

──天の羽衣を纏わされ、月へ還るほかないという、己の宿命に向き合ったのだとしたら。

──動かせぬ現実を知り、『心を決めた』のだとしたら。

──そしてアリエルも、また。


もちろん、考究を重ねるべき事項はいくつもある。

大きなものでは、耳神様《みみがみさま》が異世界エルフだった可能性と、アリエルが耳神様だった可能性。

調べども答えは出ず、その関係性は未《いま》だ不明瞭《めいりょう》なままだ。

あるいは結局、アリエルの正体はかぐや姫、あるいは宇宙人の手先ということになるのか。

そうだとして、何故《なぜ》このタイミングで別れねばならないのか。

アリエルとの別れは忍《しのぶ》たち、いや人類にとって何を意味し、何を残すことになるのか。

解決の糸口すら見えない、絡み合う謎《なぞ》の数々。

だが、差し当たって忍が決断すべきことは、極めてシンプルだ。


——アリエルは、窓を開くことを望んでいるのか、否《いな》か。

——そして、俺自身は。


忍は一度だけ、アリエルを見やった。

迷ってはいられない。

忍が逡巡《しゅんじゅん》する時間そのものが、アリエルの決断を歪《ゆが》めてしまうかもしれない。

「アリエル」

「ハイ」

「お前は、それでいいんだな」

「ハイ」

だが、それは無用の心配だったらしく。

アリエルから放たれたのは、静かな、確かな決意の言葉。

「……そう、か」

ふっ、と。
忍の心から、力が抜ける。

アリエルのパスポートには、〝君の望むままに〟と、メッセージが添えられていた。
忍はそれを、アリエル自身に宛てられたものだと考えていたが。
この状況へ置かれ、それが誤りだったことに、ようやく思い至った。

——あのメッセージは、俺に宛てられたものだ。
——アリエルを人の世で生かすのか、あるいはそうしないのか。
——監視者は、法の壁という逃げ道を断った上で、俺に選ばせたのだ。

その上で、今の忍は考える。
本人が帰ると言うなら、帰せばいいのだ。
それだけで忍が抱《かか》える問題は、すべて解決の意味を為《な》さなくなる。
秘密の保護に心を砕き、身体《からだ》を酷使する必要もなくなる。
協力者たちへのケアも考えずによくなり、若月《わかつき》一家ともわだかまりなく再会できる。

一ノ瀬由奈《いちのせゆな》とも、ただの上司と部下の関係へ戻れるはずだ。

異世界エルフを社会に馴染《なじ》ませる教育も、社会に異世界エルフを受け容れさせる方策も、考える意味そのものが失われる。

すべてが元通りになる。

しかもそれを、アリエル自身が望んでいるなら。


――ああ。

――アリエルが、別れを望むと言うのなら。

――俺はその意志に、従うべきではないのか。


頭が重い。

視界が歪《ゆが》む。

見るべき何かを見逃しているような、形のない焦燥《しょうそう》が燻《くすぶ》る。

だが、知恵の歯車を回す必要も、悩む必要も、これでなくなる。

「……」

忍《しのぶ》は、ゆっくり、ゆっくり、掃き出し窓へと歩み寄り。

アリエルの傍《かたわ》らで、クレッセント錠の〝止〟マークを剝《は》がす。

——それが、アリエル自身の望みなら。

——俺はその決断すらも、後押ししてやるべきだ。

カチャ

——何故《なぜ》なら。

——俺が、そうすべきだと思っているから。

ブワッ

開け放たれた掃き出し窓から、冷たい夜の空気が吹き込んでくる。
もはや外の世界と異世界《アリエル》エルフを隔てるものなど、何ひとつない。

そう。

中田忍《なかたしのぶ》、さえも。

「さあ」

忍が手を伸ばし、行く先を示す。

即ち、中天に浮かぶ丸い月へと。

「ハイ」

おずおずと、忍に。

否《いな》。

外の世界に踏み出そうとする、アリエル。

そして一度だけ、アリエルが忍を見つめて。

忍もまた、アリエルを見つめ返す。

一秒、十秒、一分。

あるいは互いに望みさえすれば、永遠に続いたはずの時間。

断ち切る役目を請け負ったのは、やはり忍の言葉であった。

「さよならだ、アリエル」

そして。

「ハイ!!」

元気よく応《こた》えた完全体異世界エルフ《パーフェクトアリエル》は、忍の手をしっかりと握り、夜空へと飛び立った。

◇　◆　◇　◆　◇　◆　◇

——やはり、NASAにツテを作っておくべきだった!!

「〜〜〜〜〜〜〜〜〜〜〜〜ッ！！！！！！」

ひょおおおおおおおおお。
ごおおぉおぉおぉおぉおぉ。

完全体異世界エルフ《パーフェクトアリエル》が夜空を舞う。

これはいいのだ。

何せ、完全体異世界エルフ《パーフェクトアリエル》である。

屏風《びょうぶ》の耳神様《みみがみさま》とて、空くらい普通に飛んでいた。

宇宙人だろうが異世界エルフだろうが、空ぐらい飛べてなんの不思議があろうか。

問題は、パジャマ姿で紙人形のようにぶわんぶわん振り回されている、中田忍《なかたしのぶ》のほうだ。

今や忍の生命線は、アリエルと繋《つな》ぎ合った左手だけだった。

もし手が離れれば、忍は地面に叩《たた》き付けられて、あっさり死ぬだろう。

「あ、アリエル、アリエルっ！！！」


ひょおおおおおおおおお。

ごおおぉおぉおぉおぉおぉ。


「……」

忍の声は届いた様子がない。

一刻も早く、宇宙服の必要性を伝えなければならないというのに。

声が、全く届かないのだ。

——どうする！

当然焦る忍《しのぶ》だが、えらいことになっている身体《からだ》に比べたら、心のほうはいくらかマシだ。

なんとか状況を分析して危機を脱するため、知恵の回転を無理矢理再開させる。

最もシンプルかつ可能性が高いのは、アリエルが忍と共にあることを望み、忍ごと自らの故郷に戻ろうとした、とする見方であろう。

無論、忍が途中で死ななければの話だが、アリエルがその辺りをどこまで考えているか。

宇宙の気温は絶対零度より少し温かい、マイナス270℃ぐらいなのだという。

人類の快適な生活を目指すには290℃くらい足りていないし、そもそも酸素が全くない。

そして地球のほうでも、熱や酸素を抱き込んでおけるのは地表付近だけであり、だいたい100メートル宇宙へ近づくにつれ気温は0・6℃ほど下がり、酸素もだんだん薄くなっていき、パジャマ一着のまま、酸素ボンベもない中田《なかた》忍の生命力では、地表から6000メートルぐらいの高度で力尽きる可能性が高い。

「……」

ぶらんぶらんと振り回されながらだというのに、集中が高まるにつれ、忍はまるで振り回される自分が他人事《ひとごと》であるかのように、ぼうっと考えを深めていく。

この極限状態の中でも、彼は中田忍だったのだ。

そして、忍がいつも通りの忍であったからこそ。

忍は、現状の不自然さに気づいた。

――高度が、上がっていない。

アリエルは中田家を飛び出してから、ビルの三十階ぐらいの高さを、水平に飛行している。
おかげで忍は横っ風を浴びっぱなしだったので、必要以上にぶらんぶらんしていたのだ。
さらに。

「……」
チラッ
「……」
チラッ

正面を向いて飛んでいるアリエルが、ちらちらと忍に視線を向けてくる。
だったらいっそ引き上げて助けてくれるなり、どこかに下ろすなりしてくれればいいのだが、ここにもうひとつおかしな点がある。

アリエルの視線は、明らかに戸惑いと、それ以上に濃い、不安の色を孕《はら》んでいた。

「どういうつもりだ、アリエル……!!」


届かない声。

繋《つな》がらぬ想《おも》い。

震えるにつれて固く握り合う、互いの手。

忍《しのぶ》は振り落とされんがために、全力で手を握り続けていたので、そろそろ限界が近かった。


そう。

忍の手が震えていること自体には、なんの不思議もない。

しかし、魔法で重量を支えているはずのアリエルまでもが、手先を震わせている。

それは、忍を振り回しているはずのアリエルが、忍に縋《すが》ろうとしているかのようで――


――例えば。

――そもそもの前提が間違っていたとしたら、どうだ。

忍の知恵が、猛烈な勢いで逆回転を始める。

身体《からだ》ごと掻《か》き回されながら、文字通りのブレーン・ストーミング。
忍の中で確定的だった前提に、悉《ことごと》く〝止〟マークを叩《たた》きつけてゆく。

〝アリエルは、忍の言葉に込められた意思を、かなりの精度で理解できている〟。
〝アリエルは宇宙人の使者、あるいはかぐや姫、天女伝説に連なる何かである〟。
〝アリエルはなんらかの事情で、忍の家を離れ故郷に帰ることを決意した〟。
〝アリエルは〝さよなら〟の概念を正確に理解し、空へと飛び出した〟。
〝アリエルは忍を連れて、自らの故郷に帰ろうとしている〟

これらすべてが、誤解なのだと仮定して。
忍とアリエルの間に起こったイベントだけを、シンプルに正確に抽出すると。

忍は紙飛行機《そらをとぶもの》を作り、窓へ向けて飛ばした。
そしてアリエルに、それを〝さよなら〟であると教えた。

それだけ。
確定的な真実は、たったそれだけなのだ。

だとすれば。
忍《しのぶ》の中に、ひとつの仮説が生まれる。

――そもそもアリエルは、ヒトが空を飛べないと知らず。
――紙飛行機に関する一件を、『俺から空中散歩《さよなら》に誘われた』と誤解していたなら。
――アリエルは、外に出る恐怖と俺からの誘いを天秤《てんびん》にかけ、迷ったのだろう。
――そして、ようやく外出の決意を固め、服を着替えていたのだとしたら。
――そのときちょうど俺が起きだして、アリエルの姿を確認したのだとしたら。

――アリエルは、今この瞬間も、待っているのだ。

――俺に導かれ飛ぶために、俺が自ら飛び始めるのを、待っているのだ!!

そうとして見れば、アリエルはさっきから繰り返し繰り返し、忍のほうを見ている。
間違いなく、不安を抱いているのだろう。
かと言って、地上に降りるのはもっと怖いので、止まるわけにもいかないのだろう。

ただ、この間抜けな遊覧飛行に巻き込まれているのは、我らが人類代表、中田《なかた》忍である。

彼は、自らのすべきことさえ見定められれば、誰《だれ》よりも早くその手段を導き出す知恵の回転と、それを実現するだけの行動力を持つ男であった。


だがこのとき、忍は一瞬躊躇《ちゆうちよ》した。

別に失敗を恐れたり、ここまでの判断違いを後悔したわけでもない。

ただ少しだけ、次に放つ自分の言葉が、伝え方と伝わり方と伝わる相手によっては、あらぬ誤解を生じてしまうかもしれないな、などと、実にくだらない杞憂《きゆう》に囚《とら》われたのだ。

しかしそれでも、躊躇は一瞬。

自らが今為すべきことを、自らの意思で考え、選び取った忍は。

荒れ狂う風の勢いに負けないほどの大声で、アリエルに向かって。

全力で、叫んだ。


「俺はさ、よ、ならが苦、手だ、アリエル!!」


刹那《せつな》。

アリエルが何かに気付き、はっとして。

「ハイ！！！」


信じられないほどの膂力《りょりょく》で、ぐいっと忍《しのぶ》を引き上げて。

その豊満な胸の内に、中田《なかた》忍を抱き締めた。

忍も両腕を伸ばし、アリエルをぎゅっと抱き締める。

忍の姿勢を考えると、仰向《あおむ》けで行く先も見えないまま高速飛行していることになり、ものすごく怖い状態のはずなのだが。


——構うものか。

——あのままでいるよりは、今のほうがいくらかマシだ。


果たして、このときまでに交わされた忍とアリエルの言葉が、真に互いの心情を伝え合い、正しく表していたのかは、定かではない。

だが実際のところ、なんの問題もないはずなのだ。

交わされた言葉が無理解にまみれ、誤解に誤解を重ねた結末が、ここにあるのだとしても。

本当に必要な想《おも》いだけは、既《すで》に通じているのだから。

◇◆◇◆◇◆◇

数分後。

「……ふむ」

胸元を地上に、背を天に向け水平に飛行し続ける、完全体異世界エルフ《パーフェクトアリエル》。

その状態で腹にしがみ付き続けるのは、体力的にもビジュアル的にも厳しかったので、忍は必死でアリエルとのコミュニケーションを成立させ、背に乗せ換えて貰《もら》うことに成功した。

「航空力学が聞いて呆《あき》れるな」

「コークーリキガク？」

「お前が無意味にした学問のことだ」

「ムーン」

忍は現在、アリエルの背中に抱き付く姿勢で飛んでいる。

分別ある成人男性の中田忍が、自ら女性型異世界エルフに抱き付くまでには、それなりの葛《かっ》藤《とう》が存在しなかったわけでもないのだが、忍も墜落死は避けたかったので、地球の常識で考え得る最も空気抵抗を受けづらい姿勢を、やむなく採用するに至ったのである。

大学で人力飛行機《トビケン》サークルの副部長を務めていた忍《しのぶ》は、自ら飛んだことこそなかったものの、設計等のサポートに当たれるよう、空気抵抗のイロハぐらいは独学で学んでいた。

通常の物理法則を当て嵌《は》めれば、忍がアリエルの手に掴《つか》まりぶらんぶらんしていた時点で、繋《つな》いだ手には〝アリエルの飛行速度×忍の体重やら質量やら〟の負荷が掛かっていたはずだ。

一般的なゴリラの握力は500キログラム前後だというが、一般的社会人男性の忍の握力はせいぜいその一割程度であり、本来なら手を握り続けられず墜落死していた可能性が高い。

結果として忍が墜落することなく、今も安定した飛行を続けられているのは、不可視の埃《ほこり》魔《ま》法《ほう》的防護と、完全体異世界エルフ《パーフェクトアリエル》の象徴である、エルフの羽衣《はごろも》のおかげであろう。

伸縮自在、耐温度変化性能等を備えた破壊不能の真っ白な布は、触手のように忍を掴んでアリエルの背中側に移動させたり、胴回りに軽く巻き付いて忍を固定したり、翼のように左右に広がって飛行を安定させたりと、エルフの羽衣の名に恥じない活躍ぶりを見せていた。

名前のほうは環《たまき》が勝手に付けただけなのだが、もうこの際その辺りは構うまい。

「この翼は紙飛行機に似せたのか」

「サヨナラ」

「……あれは紙飛行機という」

「カミヒコーキ」

「そうだ。そしてこれもサヨナラではない」

「デハナイ」

「ああ。滑翔飛行《ソアリング》という」

より正確な話をすれば、温暖な上昇気流《サーマル》や険しい山岳の向こう側に発生する山岳波《ウエーブ》に機体を載《の》せて飛行することを滑翔飛行《ソアリング》と呼ぶのだが、アリエルも埃魔法的な何かに乗って飛んでいるのであろうし、この解釈も強《あなが》ち的外れとは言えないだろう。

何より、今後日常会話でぽろりと飛び出してしまうと非常に厄介なので、忍は敢《あ》えて普段使いそうもない専門用語に言い換えたのだった。

「ソアリング！」

「イケテルぞ、アリエル」

「イケテル!!」

少し表情が固いものの、嬉《うれ》しそうなアリエル。

忍が飛べなかったことは計算外なのだろうし、屋外に出たことでどこか不安げな様子は見て取れるものの、ふたりで夜空を飛び回ることについては、随分と楽しんでいるらしい。

かわいい。

そして忍としても、悪い気分ばかりではなかった。

異世界エルフ《アリエル》の温度をすぐ傍に感じながら、自らの目で街を見下ろし、星を見上げて。

飛行機よりもずっと自由に、空を舞っている。

冬の真夜中。

吹きすさぶ風は、変わらず冷たいはずなのだが。

何故《なぜ》かそれほどまでに感じないのは、やはり埃魔法《ほこりまほう》の加護なのだろうか。


念のため確認しておくが、今は真夜中である。

飛行機が飛び交う高度や空域でもないし、アリエルに照明器具は付いていないので、月明かりを頼りに飛ぶしかない。

目標となる地物も見当たらないため、自分たちが何処《どこ》にいて、何処に向かっているのかは、判然としない状態であった。

忍《しのぶ》が地上を注意深く観察していると、ちらほらと灯《あか》りの輝く地域が見えてきた。

「アリエル。あれが街の灯だ」

「マチノヒ？」

「綺麗《きれい》だと思わないか」

「ホァー」

正確な時刻は分からないが、真夜中なので、幾万ドルの夜景というほどの輝きではない。

それでもアリエルは感動して、軽く全身から謎《なぞ》の気体を噴出する。

腹の辺りがむず痒い、中田《なかた》忍であった。

「あの灯りの下には、数え切れないほどの人間が暮らしている」

「ニンゲン？」

「俺が人間だ」

「シノブ、ニンゲン？」

「……寿司《すし》は寿司だが、食べ物でもある。カレーはカレーだが、食べ物でもある」

「スシ、タベモノ。カレー、タベモノ」

「そうだ。そして俺は人間」

露骨な人間アピールに励む忍。

Ｗｅｂ認証ならばともかく、現実世界でこうも人間アピールをすべき機会はそうそうない。

「シノブ、ニンゲン。ユナ、ニンゲン!!」

「うむ」

満足げに頷《うなず》く忍であった。


さて。

外の世界には多くの人間が存在すると、アリエルに知らしめさせたのは良いとして。

人間が多い地域を飛行するのは、それだけ発見されるリスクが高まることと同義である。

明日は環《たまき》が来ると決まっているし、流石《さすが》に身体《からだ》も冷えてきそうだ。

「今日はこのくらいにして、そろそろ帰ろうか、アリエル」

「カエル？」

「ああ。家《うち》に帰ろう」

「ウチ？」

「……お泊まりだ」

「……」

「何故《なぜ》黙る」

「……」

突然、アリエルの反応が途絶え。

アリエルは真剣な表情で、じっと前を見据えて。

それきりだ。

「アリエル」

「……」

「……なあ、アリエル」

「……」

「アリエル」

「……」

「帰れないのか？」

「……シノブ」

「……なんだ」

「アリエル、サミシイ」

「……俺もだよ」

冷静に振り返れば、忍《しのぶ》がすべて悪いのだ。

忍の仮説が正しければ、アリエルには最初から外に出るつもりなどなかったはずだ。

信頼する忍がエスコートする空中散歩だと信じたから、渋々外に出てきただけなのである。

そもそもこの地球において、アリエルの居場所は中田《なかた》忍邸にしか存在しない。

この辺りの地理なんて知るわけがないし、これだけ飛び回った後で元の家に戻れなどと、あまりにも無茶が過ぎる。

というか、〝家〟の概念そのものを正しく理解しているのかも、疑問が残るところだ。

では、この日本に生まれてまるまる三十二年の中田忍はどうかと言えば。

これはもう、どうしようもないほどにどうしようもなかった。

いくら生活圏の上空とはいえ、こうも真夜中、かつ生まれて初めての位置から見下ろす街並みから、今自分が何処《どこ》にいるのか推察するなど、まず不可能と言っていいはずだし、実際さっぱり分かっていない。

危険を冒して光源を辿《たど》り、多少は灯《あか》りが目立つであろう県庁所在地《みなとのほう》まで移動すれば、線路を辿って自宅のほうまで戻れるかもしれないが。

「アリエル、少し右に進路を変更したい」

「ミギ?」

「……フォークを持つ側だ」

「……ホォー」

過去に何度か両手《ダブルフォーク》にフォークの構えを取ったことのあるアリエルは、十秒ばかり悩んだ後、七十度くらい右に進路を変更してくれたが、忍《しの》ぶとしては二十度くらい変更して欲しかった感じなので、結局誰《だれ》も望まない方向へ飛ぶことになる。

せめてスマホか何かがあれば、と願いを託しパジャマのポケットを探ったところ、固い物が手に当たったのでなんとか引き抜くと、照明のリモコンであった。

消灯ボタンを押したところで月の光は消えないし、街の灯りも煌々《こうこう》と輝いたままだ。

着地はして貰《もら》えそうにない。

進路はほぼ制御不能。

目的地は闇《やみ》の中のどこか。

手詰まりであった。


「……シノブー」

「ああ、大丈夫、大丈夫だ、アリエル」

「ダイジョブ!!」

「そうだ」

忍にできるのは、この動揺と懊悩《おうのう》を、アリエルに悟らせないよう努めることだけ。

アリエルをパニックに陥らせれば墜落するかもしれない、という恐怖は、もちろんあるが。

この夜間飛行はアリエルにとって初めての、中田《なかた》忍邸外での思い出になる。

誤解で連れ出しておいて言える立場ではないと理解して、なお。

アリエルには、少しでもマイナスなイメージを残して欲しくなかった。

――言わんこっちゃない。忍センパイのバーカ。ボーケ。真夜中の窓開けモンスター。

――『文句を言うなら君が合わせろ』じゃないですよ。よくも言えましたねこの有様で。

——同じ感情がないだけだったらあれですよ。

——携帯のお店にあるよく分かんない接客ロボットのほうが、存在の格は上ですからね。

——人間の身体《からだ》持ってるからって思い上がらないでください、このスカスカポンタン。


忍《しのぶ》の空想上の由奈《ゆな》が、思い切り忍を罵倒《ばとう》する。

流石《さすが》罵倒され慣れているだけあって、かなりの一ノ瀬《いちのせ》由奈再現度であったものの、それを評価できる者はこの場にいなかったし、通信の手段も断たれていた。

「参ったな」

「アウ？」

「大した話ではない。一ノ瀬君にはどう申し開きをしようかと、頭を悩ませていたところだ」

「ホ」

「おわ……っ⁉」

急激にアリエルが減速したため、つんのめった忍が正面の虚空へ吹っ飛びかけた。

闇《やみ》に包まれ何も見えず、ただ死亡だけが確定している空間へのアプローチ未遂であり、いくら中田《なかた》忍といえど流石に恐怖を感じたことを、ここに申し添えておく。

「どうした、アリエル」

「ンー」

アリエルは地面と水平の体勢で浮いたまま、しばし熟考するような構えを見せて。

「ンンンンンンー」

コンパスの針のように、ゆっくりと水平に回転して。

「……ユナ!!」

「がお……っ!!」

再び急激にアリエルが加速したため、危うく振り落とされかける忍であった。

◇◆◇◆◇◆◇

一ノ瀬由奈の眠りは、極めて深い。

尤《もつと》もな話だろう。

公私において人一倍のハイスペックさを遺憾《いかん》なく発揮し、一日を三十六時間で生きているかのような辣腕《らつわん》を日々振るい続けている彼女は、短時間かつディープな睡眠に身を委《ゆだ》ねることで、日々のダメージを相殺し続けているのだ。

だが一方で由奈は、区役所で一番勘の良い女としても、周囲に名が知れ渡っている。

たとえその身が熟睡の最中にあったとしても、知覚すべきイベントが身近に発生しているときなどは、すっと目を覚ませてしまうのだ。

最近の例を挙げるなら、アリエルと添い寝をした際、実にタイミング良く目を覚まし、アリエルの耳パッタンを観測したときなどは、勘の冴《さ》えの見せどころだったと言えるだろう。凄《すご》い。

なお、耳パッタンの発見自体は中田忍《なかたしのぶ》が既《すで》に済ませていたので、惜しくも第一発見者の栄誉を得ることはできなかったのだが、別に由奈《ゆな》もそんな栄誉は欲しくなかった。

ともかくそんな一ノ瀬《いちのせ》由奈が、突然夜中に目を覚ました。

時刻を見れば、午前二時四十四分。

眠りに就いたのは金曜日、日付が変わった今は土曜日、即ち休日であり、水を飲んでお手洗いを済ませても、まだまだ十分寝直せる時間帯である。

「……」

果たして、由奈は起き上がり。

灯《あか》りを点《つ》けないまま、スマホのバックライトで着衣の乱れをチェックして。

チェストの上に置かれた数々のインテリアの中から、ちょっとお高めのカタログギフトを抜き取り、音もなく下着用の収納ボックスに隠し入れて。

音を立てずゆっくりと、ベランダの掃き出し窓に近づき、カーテンに手を掛ける。

『……ユナー』

『……ろ、アリエ……。……ンダでさえ住居侵……誹《そし》りは免れまい。この上ピッキ……』

『……』

『……かった。開けられるのは……ったから、もう少し待て……』


「……」

　シャアアアアアアッ

『ぬっ』

『ユナ!!』

　カチャ
　カラカラカラカラ
　動揺を嘆息に変え、由奈は施錠を解いて、掃き出し窓を開けてやる。

　室内に吹き込む、二月の夜中の冷たい風。

　ベランダにいたのは、寒そうに身を縮めるパジャマ姿の中田忍と、由奈自身は初めて目にする、完全体異世界エルフ《パーフェクトアリエル》であった。

「何やってるんですか、忍センパ」

「不用意に窓を開けるんじゃない」
寒さに身体《からだ》を震わせながら、仏頂面《ぶっちょうづら》から一歩先、咎《とが》めるような視線を向ける忍《しのぶ》。流石《さすが》の由奈《ゆな》も、これには呆然《ぼうぜん》とせざるを得ない。
「……は？」
「不審者が俺とアリエルだったから良いようなものの、悪意ある第三者だったらどうする。君がこの物件を選んだときにも話したが、君には防犯上の危機意識がいまいち欠けていると指摘せざるを得ない。君は独り暮らしの若い女性だ。いきなり窓を開けるんじゃない。まずは」
カラカラカラカラ
カチャ
シャアアアアッ
忍の言葉を最後まで聞かず、由奈は掃き出し窓を閉め鍵を掛け直し、カーテンを閉めた。
『ユナー、ユナー』
『彼女にも都合があるのだろう。避難の協力を得られない以上、次の方策を検討しよう』
苦々しく語る忍を、由奈はもういっぺん窓を開けてブン殴りたい気持ちに駆られたが。
そんなことをすれば中に入りたい忍の思うツボだと思い直し、いや忍センパイのことだから
そこまで考えてるワケないか……ともう一度思い直し。
結局窓を開け、中に入れてやる、優しい優しい一ノ瀬《いちのせ》由奈であった。

◇◆◇◆◇◆◇

一ノ瀬由奈の住む家は、職場から電車で数十分の距離にあるワンルームマンションの一室。

飾られている小物類もきちんと整頓《せいとん》されており、一見して小ざっぱりした印象の室内だが、備え付けのクローゼットの他にもチェストが置かれ、さらにおひとり様用のこたつ、割と造りのしっかりしたベッドがあって、果ては大きめのビーズクッションまで転がっているため、人間が使用可能な床面積はかなり少ない。

よって、由奈が単身生活するには不自由なく、来客を通したり共に生活するのはちょっと厳しい、ぐらいの生活空間しか確保されていないのが実情であった。

「アリエル、大丈夫そうですか？」

キッチンのほうから戻ってきた由奈が、忍の背中に声を掛ける。

「よほど安心したのだろう。気持ち良さそうに寝入っている」

「良かった。おっぱい滅茶苦茶縮んじゃってるから、ホントに心配したんですよ？」

「……そうだな」

異世界エルフ的な認識からすれば、由奈の部屋も十分に未知の領域に違いないのだが、手探りで飛び続ける地球の夜空よりは、よほど安心できる場所と理解したのだろう。

アリエルは、部屋の中央に置かれたおひとり様用こたつに下乳からひざ下までを収め、耳パッタンの状態で爆睡していた。

上下する胸元は、空飛ぶ魔法でエネルギーを消費したためか、推定Cカップぐらいまで縮んでおり、先程までの状況がどれだけ切迫していたかを雄弁に物語っていた。

「で、忍《しのぶ》センパイは何してるんですか」

忍は直立不動で窓際に立ち、閉じられたカーテンにじっと向き合っていた。

「君の部屋だ。あまりじろじろ見回すのも悪いかと思ってな」

「恐れ入ります。ただ、ご近所の目のほうも気にして頂けませんか」

「……道理だ。すまない」

「いいから、こっち座ってください」

「分かった」

由奈《ゆな》は床面に唯一ある空きスペース、アリエルの隣を忍に譲り、ベッドの上に腰掛ける。

忍も譲られたスペースへ移動したが、アリエルのいるこたつには入ろうとしない。

「忍センパイも冷えてるんでしょう。足先だけでも入ればいいのに」

「今回の件は、功労者も被害者もアリエル自身だ。俺は間抜けな加害者に過ぎない。可能な限り快適に休ませてやりたいと考える」

「はぁ」

「それ以前に、君の常用していることたつだろう。俺も無遠慮に使おうとは考えない」

「そんなの今更《いまさら》じゃないですか。忍センパイが添い寝に使った寝具、私も使ってますよ」

「一ノ瀬《いちのせ》君、それは誤解だ。君に使わせる際はシーツ類をすべて取り替えている」

「……お気遣いどうも。じゃあ代わりに、別のもので温まって頂けますか」

言いながらキッチンへと立ち上がり、湯気を立てるふたつのマグカップを運んできた由奈は、ルビーレッドのマグカップを忍へ差し出した。

ちなみにもうひとつのカップは淡いピンク色で、どちらも女性ものと一目でわかる。

「……」

「何か文句あります？」

「いや、こうも異性の影が見えない状況に鑑《かんが》みると、果たして君を異世界エルフなどの世話へ駆り出していて良いのだろうかと思案していた」

どうでもいい配慮ばかりは一人前のくせに、肝心の最も触れてはならない部分を土足で踏み荒らす畜生、中田《なかた》忍であった。

だが、由奈は気にした風もなく。

「責任は取って頂かなくて結構ですよ。私は私の意志で、今の生き方を選んでますから」

「その言葉は、額面通りに受け取ってもいいものか」

「そうですね。ついでに言うなら、全部忍センパイのおかげです」

「ふむ」

それ以上は語らず、マグカップを傾けた由奈《ゆな》に続き、忍《しのぶ》も自身のマグカップに口を付ける。

鼻腔《びくう》に染み入るふくよかな香りに続き、癖のある甘みが舌先へ触れる。

「……ありがたいな。芯から温まるようだ」

「生姜《しょうが》とはちみつを溶かしたお湯です。寒いんでしょう、冬の夜空って」

「ああ。もう二度と、パジャマ一枚で飛びたいとは思わん」

「ふふっ、ですよね」

普段よりもどこか柔らかい、由奈の微笑《ほほえ》み。

決して目を向けることなく、忍は再びマグカップを傾け、静かに目を閉じた。


チェストの上のデジタル時計が、午前三時四十一分を示す。

冬の日の出にはまだ遠く、辺りはしんと静まり返り。

部屋の中に響いているのは、アリエルの細い寝息だけ。

そのまま暫《しばら》く、忍はじっと黙ったままで。

由奈もまた、何も言わなかった。

◇　◆　◇　◆　◇　◆　◇

なるべく人目に触れずアリエルを移動させるには、どうしても車が必要だった。

とはいえ現在、二月三日土曜日、既《すで》に午前四時過ぎである。

加えて、家主である由奈が『寝ましょう。明日でいいじゃないですか。もう寝ましょう』と言ってきかないため、アリエルをベッドに持ち上げて由奈と添い寝させ、夜が明けてから義光《よしみつ》へ救援を要請することとして、忍はこたつで仮眠を取ることになった。

「しかし本当にいいのか、一ノ瀬《いちのせ》君」

「何がでしょう」

「君はうら若き独身女性だ。俺と同じ部屋で寝ることに抵抗を感じる気はないのか」

「仕方ないじゃないですか。緊急事態でワンルームなんだから」

「俺は浴槽でもトイレでも構わんが」

「そういう性癖の人のこと、欧米ではＨＥＮＴＡＩ《ヘンタイ》って呼ぶらしいですよ。良かったですねグローバルな属性がついて」

「分からんな。俺の何が変態だ」

「存在」

「ふむ」

「って言うか、こたつや寝具は気にするクセに、お風呂《ふろ》やトイレは大丈夫っていう異常な判断基準について何かコメント欲しいんですけど」

「こたつや寝具は肌に直接触れうる、極めて個人用《パーソナル》の性質が濃い存在だが、風呂やトイレはスポーツジムや旅館などでも他人と共有しうる、公共的《パブリック》な性質を持つ空間だと認識した」

「分かりました。私も表現の方向性を変えさせて頂きます」

「そうしてくれ」

「理屈抜きに気持ち悪いんで、うちのお風呂やトイレで寝ようとしないでください」

「……では、水回りは避けるとしてだ。ベランダなどは」

「朝散歩のご老人に通報されます。止《や》めてください」

「ならばいっそ、俺の睡眠自体を取り止める方向性でどうだ。二口《ふたくち》コンロと向き合って、朝が来るまで立ち続けよう。それぐらいの体力は残っている」

「忍《しのぶ》センパイ」

「なんだろうか」


「電気、消していいですか」

「……分かった」

◇◆◇◆◇◆◇

冬の日の出は遅い。

ましてや夜明け前ならば、ひとたび灯《あか》りが消えたなら、部屋の中は真っ暗になる。

そうなれば当然、アリエルを挟んだ忍と由奈《ゆな》からでは、互いの表情など見えるはずもない。

全く、一切。

見ることなど、できない。


だからこそ。

一ノ瀬《いちのせ》由奈は、もう一歩だけ踏み込んだ。


「職場以外で話すの、久しぶりですね」

「そうだな」

「こんな突然じゃなしに、ちゃんと話しておいてくれたら、色々準備もできたんですケド」

「予定外のトラブルがこじれた結果だ。君に迷惑をかけるつもりはなかった」

「……そんな風に言うなら、事情は説明して頂けるんですよね」

「アリエルが君の家を選んで着地した理由は、正直のところまだ分からん。仮説を立てるなら、異世界エルフは生まれ持った超感覚か埃魔法《ほこりまほう》を応用して、自身に縁のある生命反応を感知できるのかもしれん。それならば無人の俺の家でなく、君が在宅しているこの家へ辿《たど》り着いた説明が付けられる。言い換えれば、君は頼りにされているのだろう」

「誤魔化そうとしないでください、忍《しのぶ》センパイ」

忍の答えはない。

由奈《ゆな》は構わず、闇《やみ》の向こうへ問い掛ける。

「どうしてアリエルを、外に出そうと思ったんですか?」

「……」

横たわる沈黙。

由奈はどれだけ待たされたとしても、この問いの答えだけは聞くつもりでいた。

やがて。

闇の向こうから、か細い声が響く。

「あの一瞬、俺は信義を放棄した」

「……」

「己のすべきと認めた責任を、調子のいい自己欺瞞《ぎまん》で他者《アリエル》に押し付けた。本人が帰りたいと言うなら、俺が悩む必要はないのだと考えてしまった。だから俺は窓を開けた」

「……それは、忍センパイの罪なんでしょうか」

「無論だ。君は覚えているだろう。アリエルが描《か》いた、この世界に来る前のアリエルを」

忍と由奈がアリエルに頼み入れ、過去の世界の自分を描かせたときのこと。

アリエルは絵の中の自分を、真っ白な空間の中に、ひとり座らせていた。

コピー用紙数十枚分の時を経て、謎《なぞ》の魔法陣を境に、地球へやってきた様子のアリエル。

一連の描写が何を意味するのかは、結局今も分かっていない。

「窓を開けた俺に、その考えはなかった。あのとき俺は、アリエルを棄《す》てていたんだよ」

「……」

「異世界エルフに罪はない。すべては俺の悪徳だ。君を巻き込んでしまい、すまなかった」


それきり、由奈は答えない。

忍もまた、何も言わない。


アリエルの細い寝息が、規則正しく室内に響く。

床に寝ている忍《しのぶ》からは見えないが、耳をぴっちりと閉じたまま。
安心して、眠り続けているのだろう。

そのまま、長い時間が経《た》って。
由奈《ゆな》が、ぽつりと呟《つぶや》いた。

「ねえ、忍センパイ」

「私って、必要ですか?」

夜明け前の、一番深い闇《やみ》の中。
答えはない。
お互いの言葉が交わされなければ、繋《つな》がりなどすぐに断たれ、消えてしまう。

だから。
ふたりの時間は、そこで終わった。

断章・一ノ瀬由奈《いちのせゆな》の決断

二月十五日、木曜日。

真夜中の来訪から二週間近く経ち、忍《しのぶ》センパイの症状は、悪化の一途を辿《たど》っていた。

『ですから……SNSを用いた……波及効果を……』

『……承服できかねます……適切とは……断言できる……』

『中田《なかた》さんには……マッチングの難しさが……保護のハードルを……』

『保護の一極集中化は……破綻させ……全体の不利益を……』

『だから……目の前の命を……仰《おつしや》るんですか』

『感情論で……フラットに……我々の職責です』

『……らしい……です……』

もう夕暮れ時だというのに、扉一枚隔てた会議室からは、無愛想な忍センパイと興奮気味の女性の激論が漏《も》れ聞こえてくる。

課長も同席している筈《はず》だけど、忍センパイがいるのに口を開くワケないか。

民間相手やＮＰＯとの会合なんて、小一時間ぼそぼそブツブツ雑談して後はよしなに、がお決まりのところ、妥協という言葉を知っているくせに使う気がない忍センパイと、この界隈《かいわい》でもとりわけ意識が高いことで有名な、ＮＰＯ法人〝ぼんてんまる〟の代表理事さんが意見を戦わせると、ガッチガチのガチ論戦が展開される。

代表理事さんは私よりもちょっと年上の、小柄で可愛《かわい》い感じの方なのに、福祉に対する情熱が物凄《ものすご》くて、いざ議論が始まると忍センパイ相手でも一歩も引かないんだよね。

やっぱり他人の為《ため》に自らＮＰＯ立ち上げちゃうようなヒトって、普通じゃ測れないような心のエンジンを備えているのだろうか。

だけど残念、今日はそろそろ時間切れ。

キーン　コーン　カーン　コーン

『……時間です。……ということで』
『えっ』
『お約束の時間……おかしいですか？』
『あ……いえ……ただ……』
『……私事です……』
『……ええ？……』

困惑を隠しきれない〝ぼんてんまる〟代表理事さんの声色《こわいろ》。

まあ、そりゃ驚くはずだ。

これまでだったらむしろ定時からが本番、結論を出すまで何があろうと席を立たなかった中《なか》田忍《たしのぶ》支援第一係長が、こうもあっさり退《ひ》いちゃうんだから。

『あ、中田さんっ……』

『……急ぎますので。失礼致します』

バターン!!

あっ。

忍センパイ、そんなに勢いよく扉を開けたら。

ガンッ
グラッ
ゴロッ
ガヅンッ!!

「づおっ」

言わんこっちゃない。

扉の直撃を受けたロッカーがぐらつき、その上に載《の》っていた、課の業務安泰を願い飾られていた大きな片目のだるまがバランスを崩し、不幸にも忍センパイの脳天へ直撃した。

「中田君!?」

「しのぶくっ」

「大丈夫ですか!?」

「中田係長!!」

　ドタ　ドタ　ドタ　ドタ　ドタ
出遅れてしまったが、初見小夜子《はーちゃん》と堀内茜《あかねちゃん》が駆けつけてくれたので、まあ平気だろう。

ちゃんとしただるまは木型に和紙を張るから凄《すご》く丈夫だって、忍センパイが言ってたし。

忍センパイ自身も物理的な耐久性には優れているので、命に別状はないと思うし。

そんなことより、私は考えなければならないのだ。

恐らくは私以外、ちゃんと気付けている者のいない、とても厄介な問題の解決策を。

◇◆◇◆◇◆◇

その日の夜、私ん家《ち》のバスルーム。
　チャプ
少し温《ぬる》くなってしまった湯船の中で、私はひとり身じろぎする。
いつからこうしてて、いつまでこうしてるのかは、あんまり考えていないんだけど。

両手の指先は、とうにふやけていた。

「……はぁー」

私はぼーっと天井を見上げ、答えの見えない〝とても厄介な問題〟を反芻《はんすう》する。

――忍《しのぶ》センパイは、もう限界だ。


そもそもそんなの、何を今さら？　って話になるのだ。

本人が聞いたらどんな反応をするか、いまいち予想はつかないけど。

ハッキリ言って忍センパイは、優秀な人間じゃない。

それどころか、純粋に生まれ持った能力だけで比べたら、むしろ凡庸な人間とすら言える。

この数年間、週五日、平均五十時間以上のペースで一緒に働き、誰《だれ》よりも忍センパイを観察していた私がそう思うんだから、間違いないだろう。

けれど忍センパイは、足りていない分の能力を、自らの努力とプライベートの時間を切り売りすることで無理矢理埋め合わせ、実質左遷と同義の福祉生活課支援第一係長職を、実に五年近くも務めてきた。

規格外《エキセントリック》な努力で武装した凡庸な忍センパイは、悪意ある保護受給者《ケース》やその悪意ある取り巻き、頭だけは良いクソ上層部と互角以上に渡り合い、係や部下を護《まも》り続けていたのだ。

係員は皆その恩恵に与《あずか》ってるのに、誰ひとり忍センパイに感謝なんてしていない。

それでも忍センパイは、一生この生き方を貫くつもりだったんだろう。

本当に、バカな人だ。

……でもそこに、異世界エルフ《アリエル》が現れた。

これも確かなことだけど、忍センパイは世間の人々が考える形の〝優しい〟人間じゃない。

万物に平等な愛を与えるつもりなんてさらさらないし、手をかけるべきじゃないと判断した相手は、たとえどんな弱者だろうと無慈悲に切り捨てられる、冷たい合理主義者なのだ。

そして、それ故《ゆえ》に強い。

護るべき人や大切にすべきものを、徹底的に絞ることでリソースを確保し、自らの信じる生き方が貫き通せるよう配分している、孤高の異常者。

そんな忍センパイが、異世界エルフを身内として迎え入れたなら、何が起こるのか。


結論。

異世界エルフの存在は、忍センパイを徹底的に追い詰めた。


優しい以外に評価できる長所のない、けれど内心そんな自分を特別だと思っているようなつまらないボンクラが異世界エルフを拾っていれば、こんな事態にはならなかった。

軽率にファストフードを食べさせ、不用意に街中を出歩かせ、衆目の前で魔法をブッ放させて、衣食住を握っているアドバンテージを活用し、薄っぺらい恋愛ごっこを始めて。

その結果、たまたま偶然に助けられ、何も致命的な事件が起きなかったなら、五年後くらいに小高い丘の上でふたり満天の星を見上げ、あのときは大変だったねだの楽しかったねだのと笑い合いながら、美しい口付けを交わしてハッピー・エンド。

大抵の人間が想像する異世界エルフとの生活なんて、そんなものだろうし。

大抵はそれで、上手《うま》く行ってしまうんだろう。


けれど。

中田忍《なかたしのぶ》の恣意《しい》的な責任感は、その幻想をブチ壊す。


突然目の前に現れた異世界エルフに対し、忍センパイはその全身全霊を以《もっ》て誠実であろうとし続け、今もその努力を重ねている。

前に義光《よしみつ》サンから、法律のことを調べた話を聞かされたとき、私は心底呆《あき》れ返った。

自分が死んだ後の話って何。

まだ出会って三か月やそこらの、他人もいいところの未確認生命体に対して。

どうしてそこまでするのか、私にはワケが分からない。

ばーか。

いっそ死んじゃえばいいのに。

でもこれは、忍センパイにかかる負荷そのものの減少と同義じゃない。

忍センパイはアリエルが現れてから、無理な残業を止《や》めるようになった。

解釈が、根本的に間違っているのだ。

忍センパイが残業を止めたとしても、忍センパイがこなそうとする業務量自体は減らない。

忍センパイにとっての残業は、自分の積み残した仕事を片付けるための時間じゃなく、係の誰《だれ》かが積み残した業務を、他人の目を気にせず整理できる、救いの時間だったのに。

アリエルの面倒を見る時間を増やすためには、貴重な残業の時間を切り崩すしかなかった。

その帳尻を、日中業務の超々高密度化や、アリエルが寝静まった後の持ち帰り業務などで合わせなければ、優秀な公務員としての忍センパイそのものを維持し続けられなくなる。

本人を問い詰めたときは、平均睡眠時間が四時間切ってるとか、馬鹿《ばか》なこと言ってたっけ。

仕方ないから、私が遊びに行ったときは早めに寝るよう急かしてたけど、去年より考える問題が増えた今、忍センパイが満足に身体《からだ》を休めてるとは思えない。

さらに……ああもう、確認してるだけで頭と胃が痛くなりそう。

さらに忍センパイは、自身の協力者に対しても、人一倍の配慮を欠かさなかった。

邪険にしていたはずの私にすら、お風呂《ふろ》の件みたいな気遣いをしてみたり、お寿司《すし》を握ってみたり、ご飯をご馳走《ちそう》してみたり、クリスマスプレゼント、もといお歳暮《せいぼ》を贈ってみたり。

謎《なぞ》の身分証類はアリエルの違法性を打ち消したけど、代わりに謎の監視者の存在が浮上して、協力者の一部に強い警戒と恐怖を生み始めたのは、あまりに皮肉な話で。

距離を置いた徹平《てっぺい》サンや私のことを含め、忍《しのぶ》センパイは今も頭を悩ませているのだろう。

あとは、女子高生・御原環《みはらたまき》が、新たに忍センパイの仲間へ加わったことも大きい。

……理屈では理解できる。

忍センパイは当初、環ちゃんにエルフを諦《あきら》めさせると明言していた。

そんな環ちゃんを敢《あ》えて迎え入れたのだから、よっぽどの何かがあったのだろう。

忍センパイが納得ずくで出した結論なら、私からも特に文句はないんだけど。

事実、環ちゃんの存在は、忍センパイを強力に援護してくれている、らしい。

アリエルも喜んでるみたいだし、遊びを通じたコミュニケーションの機会も、忍センパイや他の大人がするより、ずっと濃密に増やせることだろう。

アリエルにとっても環ちゃんにとっても、幸福な出会いだったんだと素直に思える。

その代償は全部、忍センパイが支払ってるんだけど、ね。

まとめよう。

忍センパイは不運にも、異世界エルフとの邂逅《かいこう》から今まで、何も切り捨てずに来れた。

切り捨てる代わりに、全部自分が背負うと決めたから。

だからきっと、心は満足しているのだろう。

けれどもう、背負っている忍センパイ自身が、潰《つぶ》れかけているのだ。

大小さまざまな歪《ゆが》みは、日常の各所に現れ始めている。


忍センパイは皆に朝の挨拶《あいさつ》を返さなくなり、課長のご機嫌伺いもやめてしまった。

私のコーヒーを文句ひとつ言わずに受け取り、飲み干すようになった。

この前は朝礼で示達事項を伝え漏《も》らし、業務に遅滞と混乱を生んでしまった。

昼休み、みっともなくデスクに突っ伏して昼寝する姿もよく見かける。

次の日の引継事項を作らないまま、帰るようになってしまった。

そして、今日のだるま脳天直撃事件。

どれも些細《ささい》なことだけど、今までの忍センパイからすれば、絶対にありえないミスだった。

大げさな話とは思わない。

いくら中身がポンコツだろうと、機械生命体のあだ名は伊達《だて》じゃないのだ。

そして一番厄介なのは、この問題に手を付けられそうなのが、私だけらしいということ。

アリエルと環《たまき》ちゃんは忍《しのぶ》センパイに甘える側の人間だし、義光《よしみつ》サンは『何があっても最後は僕が味方でいるよ』的な後方彼氏ヅラなので、積極的に踏み込む展開は期待できない。

こういうときこそ役に立ちそうな徹平《てっぺい》サンが、よりによって一抜けしちゃってるし。

だったらもう、私が動くしかないいんだろうけど……。

「どーしよ」

なんの結論も出ないまま、お湯が冷めきってしまった。

私はのろのろと立ち上がり、熱いシャワーで身体《からだ》を温め直す。


私しか動けないからって、私が動くべき話ではないように思う。

『成功も失敗も忍センパイ自身の意思によるべきだ』と啖呵《たんか》を切り、事実そう思っている私が、忍センパイの判断を歪《ゆが》めるべきじゃないから。

でも、間もなく潰《つぶ》れるだろうと分かっていながら、見て見ぬふりを続けるのも変な話だ。

自分で決めたことだとしても、そこまで妄執的に貫き続けるほど、私はシノブ脳じゃない。

だったら。

だったら、私は――

……。

……あ、そっか。

私も抜けちゃえばいいんだ。


かりんとう作りの一件でも分かった通り、環ちゃんは忍センパイと仲良しな一方、忍センパイとは違うアプローチの意見を言える、行動力のある賢い子で、なおかつ女性だ。

しかも学生で未成年だから、時間の融通も大人より利くだろうし。

忍センパイやアリエルと一緒になってバカやっちゃうかもしれないとか、不安要素も少しはあるけど、忍センパイの指示は素直に聞き入れるので、扱いづらいこともあるまい。

何より彼女は、忍センパイに求められて、異世界エルフの傍にいるのだ。

私や徹平サンみたいな、予想外の事故の末のやむを得ない協力要請ではなくて。

忍センパイ自身がそうすべきだと考えて、御原《みはら》環を引き入れると決断したのだ。

その一点だけ考えても、環ちゃんは私より異世界エルフの世話役に相応《ふさわ》しい。

対して私は、もう一か月以上忍センパイの家に行ってない、宙ぶらりんの自称〝傍観者〟。

身分証問題のときも、真に忍センパイの思考を理解できていたのは環ちゃんだったし、理解できないなりに全力で寄り添おうとしていたのは、徹平サンだった。

避難騒ぎのときも……必要だって、言ってくれなかったし。

『いれば便利は便利だが、何しろ扱いが面倒だし、いなくてもそれなりになんとかなる』。

忍《しのぶ》センパイから見た私の評価なんて、多分そんなものだろう。

それなら、私の仕事を全部環《たまき》ちゃんに引き継いで、私が異世界エルフから完全に手を引けば、私のことを考えていたリソース分、忍センパイは楽になる。

忍センパイのことだから、ハイ分かりましたと切り替えてはくれないだろうけど、少なくとも今よりは余裕ができるはずだ。

そして私自身も余分な心労から解放され、自分の時間を持てるようになる。

……なんだ、いいことずくめじゃないか。

今まで思いつかなかったのが、不思議なくらいだ。

うん、そうしよう。

どう考えたって、そうするしかない。


早速お風呂《ふろ》を出てスマートフォンを手に取ると、未確認の着信がふたつ。

どちらも、忍センパイからだった。

「……おかしい」

そう、おかしいのだ。

忍センパイは、常日頃《ひごろ》から無意味で無駄な行動を嫌っている。

例えば普段なら、一度電話を掛けて出なければ、相手が折り返してくるのを待ち、返事がなければ数時間後か、翌日に改めて掛け直す。

逆に緊急の用事なら、すぐに反応が欲しいんだから、驚くほどの着信履歴を残すはずだ。

しかし今回は、そのどちらでもない。

午後八時四十五分と午後九時十五分、三十分の間を空けて二回の着信。

どうにも忍センパイらしくなかった。

っていうか用事があるなら、まずメッセージでも送ればいいのに。

こんなところにも、歪《ゆが》みの影響が出ているのだろうか。

……ともあれ、私は忍センパイに電話を掛ける。

万が一だけど、本当に緊急系の用事だったら困っちゃうし。

用事の内容と話の流れ次第では、手を引かせて貰《もら》う話も、一緒に伝えちゃえばいい。

言いづらい話は、早めに終えてしまうに限る。

ブプッ

『俺だ。一ノ瀬《いちのせ》君か』

「あ、こんばんは忍《しのぶ》センパイ。すみません、電話貰《もら》ってたみたいで」

『大丈夫だ。緊急の用事ではない』

「え、じゃあ、こんな時間にどうしたんですか?」

『……いや、その、だな』


歯切れが悪い忍センパイ。

もしかしたら私が思っている以上に、状況は深刻なのかもしれない。

そんな不安を覚えたところで。


『……そう、天女伝説だ。江《え》の島《しま》に天女伝説が伝わっているんだったな』

「え? ああ、そうらしいですね。私もあのとき検索した以上のことは知りませんが」

『そうか。俺もだ』

「そうなんですか。最近お忙しそうですもんね」

『……』

「……」

『……江の島に行かないか、一ノ瀬《いちのせ》君』

「ふたりで……ですか?」

『ああ。付き合っては貰えないだろうか』

何故《なぜ》か、背筋に冷たい物が走った。

繰り返すが、忍センパイは、常日頃《ひごろ》から無意味で無駄な行動を嫌っている。

有名な観光地の有名な伝説なんだから、ネットや本でもある程度調べはつくだろうし、急げば半日も掛けず回り切れるであろう江の島に、ふたり連れで行く必要性も分からない。

だったら、忍センパイらしからぬこの誘いには、なんの意味があるのだろうか。

たとえば、ふたりきりで直接会わないと伝えづらい話でもするとか？

限界を迎えつつある忍センパイが、私にするであろう話。


……ああ、そっか。

こっちから言い出す必要、なかったってことね。


「はあ。いつでしょうか」

『君の予定が空くときで構わん』

「……じゃあ、今週末で」

『承知した。では、土曜日の午前中からどうだ』

「大丈夫ですよ」

『分かった、では――』

「あ、じゃあ近くってことで、鎌倉《かまくら》とかも回りません？」

『構わないが、理由を聞いてもいいか』

「わざわざ休日潰《つぶ》して出掛けるんだから、少しくらいついでがあってもいいじゃないですか。鎌倉なんて歴史の深い土地ですから、思わぬ発見があるかもしれませんよ」

『ふむ』

「でも、いつものダッサい私服着た忍《しのぶ》センパイと小町通《こまちどお》り歩くとか、源《みなもとの》頼朝《よりとも》に無礼ですよね。途中でテラスモール湘南《テラモ》寄って服買いましょう。もちろんお代は忍センパイの自腹ですし、コーディネート料は別で頂きますケド」

『……君の厚意を、有難く受け容れよう。必要な手配はこちらで済ませておく』

「ええ。よろしくお願いします」

『こちらこそよろしく頼む。夜分すまなかった、失礼する』

「はい、おやすみなさい」

　ツーッ　ツーッ　ツーッ　ツーッ
「……」

　通話はとっくに切れていたが、私は耳に当てたスマートフォンを離せなかった。

「……私、何やってんだろ」

◇　◆　◇　◆　◇　◆　◇

で、週末。

二月十七日土曜日、午前九時五分。

バタン

キイィ　イ　イ　イ　ィ

私ん家《ち》の前の道路から、静かに、あまりにも静かに、忍センパイの操る車が動きだす。

丁寧な発進は大変結構なんだけど、ハイブリッド車であることを差し引いても、ちょっと異常なほど静かなので、通行人が車の接近に気づけず、逆に余計な事故を誘発しそうだ。

「相変わらずですね、忍センパイ」

「なんの話だ」

「その運転です」

「おかしかったか」

「いいえ。教習所の実技指導と見間違うほど模範的ですよ」

忍《しのぶ》センパイの運転技術は、信じられないくらい模範的だ。

〝上手《うま》い〟じゃなくて〝模範的〟。

ハンドルを持つ手は、まるで分度器で測ったかのように、十時十分の位置で固定され。

ウインカーはきっかり三秒前、あるいは30メートル手前から光りだし。

調子が良い日なら、窓からの手信号ぐらい朝飯前だ。

泥に沈めるような緩いアクセルワークは、飲み物に波紋を生むことなく車体を動かし。

羽根でくすぐるかのように抜くブレーキングは、同乗者の頚椎《けいつい》に些《いささ》かの負荷も与えず。

その合間に前後左右巻き込み確認と、首がもげそうな勢いでの安全確認にも余念がない。

教習所のみきわめだったら、教官が若干引きながら百点満点を付けてくれただろうけど、ただの同乗者である私には、恥ずかしくて仕方がなかった。

「買《か》い被《かぶ》り過ぎだ。君に注意されてから、声を出しての安全確認は控えているしな」

「声は車外に漏《も》れますからね。一生そのままにしといてください」

「ああ」

もう四年くらい前、初めて忍センパイの運転する公用車に乗ったときの話だ。

曲がる度にギュインと首を回して『左後方安全確認ヨシ!!』だの『右後方安全確認ヨシ!!』

だの絶叫するので本当に怖かったし、なんなら不審車両として付近住民に通報された。

逆に警察官へ安全確認の重要性を説教する忍センパイと、不審な地方公務員に説教されて怒りだした警察官の両方を諫《いさ》めるのは、本当に大変だった。

「でもなんなんですか、その、停止前のブレーキランプの点滅」

「それこそ教習所で習ったろう。反動を分散し後方へ停止を報《しら》せる、ポンピングブレーキだ」

「それは知ってますが、毎回きっかり五回点滅させるのはなんのサインですかって話ですよ」

「分かりやすいだろう」

「そうですね」

やめておこう。

まだ往路だ。

今からひとつひとつ突っ込んでちゃ、流石《さすが》に私のメンタルが持たない。

最近なんとなく麻痺《まひ》していたが、忍センパイは元々異常過ぎるほどの異常者なのだ。

そして私は、忍センパイの面倒を係で唯一見ることのできる、可哀想《かわいそう》な若手職員。

その関係性は、今この瞬間も、何ひとつ変わらない。

絶対に、変わっていない。

◇◆◇◆◇◆◇

車窓から流れる景色を、助手席からぼうっと眺め続ける私。

じっと遠くを見つめて、普段通りの仏頂面《ぶっちょうづら》で運転に集中する忍《しのぶ》センパイ。

沈黙の重さに堪《た》えかね、私は口を開いた。

「忍センパイ、車持ってませんでしたよね。わざわざ借りてきたんですか？」

「ああ。経路と効率に鑑《かんが》みてレンタカーを借りた。途中で雨が降っては敵《かな》わんし、異世界エルフの話をする場所と考えたとき、江ノ電はいささか開放的に過ぎる」

その割に、さっきから黙りっぱなしの忍センパイである。

久しぶりの運転で、緊張してるんだろうか。

いや、ないな。

忍センパイだし、散々謎《なぞ》のシミュレーションを重ねて、今日の運転に臨んでいるのだろう。

それとも、何か話しづらいことでも――


……ああ、そういうことか。

「どうぞ」

「どうぞ、とは」

「あるんでしょう、聞いて欲しいコト。かりんとうのお礼と合わせて、貸しふたつですよ」

「一ノ瀬《いちのせ》君、確認したいんだが」

「なんでしょう」

「かりんとうの礼をするのか。俺が、君に」

「そうですけど……?」

ちょっと話が逸《そ》れそうなので気持ちを緩め、真面目《まじめ》に答える構えを作る。

一応はっきりさせておくと、義光《よしみつ》サンの誤解を解くためにかりんとう作りを提案したのは環《たまき》ちゃんで、材料と場所を提供したのは忍センパイで、私はちょっと手伝っただけである。

「君の助力には感謝しているが、あの件を君への借りと数えるのは、解釈が斬新過ぎないか」

「シノブ脳ですね。もう呆《あき》れるっていうか若干笑えてくるんですけど」

「論拠によっては是正しよう。指摘して貰《もら》えるか」

「はいはい。三十代の男性がふたりも揃《そろ》って、ほぼ初対面の女子高生を自宅に連れ込んで、一緒に柔らかい生地を捏《こ》ねたり揉《も》んだり潰《つぶ》したりするなんて、倫理的に大問題ですよね」

「アリエルもいるだろう」

「いるだけでしょうが」

「ふむ」

「私の存在が違法性を中和したから、環《たまき》ちゃんは安心してあの場にいられたんですよ」

「……一理ある。確かに俺の借りらしい。すまない」

「忍《しのぶ》センパイ、ひどい」

「何がだ」

「もっと食い下がってくださいよ。これじゃ私、恩着せがましい変な奴《やつ》じゃないですか」

「そうは言うが、君の言葉は真理を突いた。ならば俺は、潔く借りを認めるしかあるまい」

「はいはい、どういたしまして」

いい具合に話が逸《そ》れたので、私は再び気を張って、なるべく自然に見える笑顔を作る。

進行方向等の安全確認に忙しい忍センパイは、私の変化になんて気付かないだろう。

それでも、私は表情を崩せない。

何せこの車内には、私と忍センパイしかいない。

いつ話を切り出されたって、おかしくないのだ。


車が市内を抜けて、風景に緑色が目立ち始めたころ。

道沿いの丘陵にどかんと並んだ墓石へ、ふと目を奪われたタイミングで。

不意に、忍センパイが呟《つぶや》いた。

「思い出したことがある」

「へっ？」

予想外の切り出しに、少し戸惑ってしまう。

「話を聞いてくれるのだろう」

「聞きますけど、驚くじゃないですか。ちゃんと予備動作を入れてください」

「入れたら入れたで、君はその予備動作に驚き、文句を言っただろう」

「まあ、はい」

「……」

忍センパイは注意こそ切らさないものの、ちょっぴりやる気をなくしたような表情。

石像が仮面被《かぶ》って生きてるような忍センパイのクセに、随分と感情豊かになったものだ。

「それで、何を思い出したんですか」

「……いや、やはりいい」

「言ってくださいよ。私のせいで言えなくなったみたいでムカつくじゃないですか」

「そうではない。実は俺も、この件をどう言葉にしていいか、いまいち分かっていない」

これも珍しい。

忍センパイが、こんなあやふやな話を口に出すなんて。

やっぱり、相当弱っているのだろう。

今からでも、私が運転したほうがマシかもしれない。

……それはないか。

「いいですよ。思い浮かんだ通りに話してください」

「すまん」

「いえいえ」


「思い出したのは、断片的ないくつかの場面だ」

「どんな？」

「俺がまだ子供の頃《ころ》、夕暮れ時。どこかからサイレンが聞こえている。俺はなぜか泣いていて、誰《だれ》か大人に慰められていた。おかげで俺は泣き止《や》み、その大人と約束を交わすんだ」

うん、確かに意味不明だし、聞かされても困る話だった。

けれど……ううん、なんだろう。

「ちぐはぐな話ですね」

「そうだろうか」

「固有名詞はふわっとしてるのに、周りの様子や行動は、はっきりしてるなって思いました」

「それは……そうだな」

「もしかしたら、忍《しのぶ》センパイ自身の記憶じゃないかもしれませんよ。テレビとか映画とか、アリエルの埃魔法《ほこりまほう》とかで、何かのイメージが伝わってきたとか」

「いや。声や姿は思い出せないが、その大人は俺に『約束だよ、忍』と語り掛けた。そして俺自身、この大人に支えられ、救われたという、どうしようもない実感がある。それがどのような形で、何に対しての救いだったのかは、思い出せないんだが」

忍センパイの目線は遠い。

それは路上の危険を事前に察知し、安全運転に繋《つな》げるための努力に違いなかったのだが。

私には、それだけではないと感じられた。

感じられてしまった。

……ほんっと、手のかかる人。

「どうして、その話を私に？」

「俺にも分からんが、話すべきだと思った」

「忍センパイが？」

「ああ。だが忘れてくれ。とりとめのない話ですまない」

「ダメですよ」

「どうして」

「忍センパイは、意味のないことをしません。たとえ無自覚だって、私に話すべきだと考えたのなら、そこには何かしらの意味があるはずです」

「買《か》い被《かぶ》り過ぎだ。俺だって間違うことも、意味のない行動をしてしまうときもあるだろう」

「いいえ」

状況とは裏腹に、私の心はいくらも波立っていない。

何故《なぜ》ならば、その必要がないからだ。

イカれた上司《しのぶセンパイ》の思考パターンなど、何もしなくたって自然に想像がつく。

福祉生活課支援第一係員若手筆頭として、中田忍《なかたしのぶ》支援第一係長の下で勤め続けてきた私の、他人に誇れないニッチな特技であった。

「間違いはいくらでもあるでしょうが、意味のない行動だけは、どう考えたって有り得ません。だって、忍センパイですよ？」

「なんだそれは」

「理解しなくていいですから、真面目《まじめ》に考えてください。どうして私に話そうと思ったか、車を路肩に付けて、ゆっくり検討してもらえますか」

強い言葉を使ってしまったが、話を振ったのは忍センパイなんだから、忍センパイが悪い。

忍センパイもそれを理解しているのか、即座に車を路肩へ付けて、真剣な思考に入る。

この状態で運転を続けさせたら、悲惨な交通事故の当事者となる可能性が非常に高い。

安全策を採らせた、私の指示は的確だった。

いや別に嬉《うれ》しくないけど。

しかし。

「……ダメだ。理由など考え付かん」

また、そんなことを。

これはよっぽど重症だ。

「『ダメだ』と『理由など考え付かん』は、まったく性質の違う言葉です。忍センパイは、私にこの話をするべきだって、確かに思ったんですよね？」

「その通りだ」

「じゃあ、それが理由なんですよ。私から回答を得たいとか、私と思い出を共有したいとか、そんなちゃちな理由じゃなくて。私に話す行為そのものに、何か意味があったんです」

「それこそ意味が分からん。何故そうまで言いきれる」

「決まってます。あなたが忍センパイだからですよ」

「ふむ」

ここまで言えば、そろそろ忍センパイのほうで何とかするだろう。

忍センパイは、そういう人間だ。

私にその、よく分からない思い出未満のエピソードを、わざわざ語って聞かせた理由。

きっと自分の力で、解き明かしてくれるはずだ。

……そんな感じで、ぼーっと忍《しのぶ》センパイの答えを待っていたら。

気づけば忍センパイが、私をじっと見つめていた。

特に変な意味があるわけではなく、何か思い付いただけなのだろうが、運転中でも同じようにしたかもしれないところはかなり怖い。

車を止めさせておいて、本当に良かった。

「俺のほうに理由はなくても、君のほうにはあるんじゃないか」

「は？　私に？」

「ああ」

ちょっと意味が分からなかった。

だって、忍センパイが言い出した話なんだから、私のほうに理由なんて——

……あ。

「もしかして、クリスマスの話ですか？」

クリスマスの日本料理店で、忍センパイが思い出せなかった話。

過去の忍センパイに力がないせいで、守りたいものを守れなかった経験。

忍センパイのルーツになるエピソードなんじゃないかって、私が言ったから。

あのときは思い出せなかったけど、いつか思い出せたら聞かせてくれるって、約束した。

「忍センパイ自身は、まだはっきりと思い出せてないみたいですが、忍センパイの義務感っていうか、責任感っていうか、そういう無自覚な領域の何かが、私にその話を伝えなきゃいけないって、感じたんじゃないでしょうか」

「なるほど」

「理解していただけましたか」

「ああ。君の言葉で得心が行った。この話は恐らく、俺のルーツに関する思い出なのだろう。だからこそ俺は、君にこの話をしたいと感じたんだ」

私のことを見つめたまま、うんうん頷《うなず》く忍センパイ。


……いや、本人は満足そうだから、これはこれでいいんだろうけど。

この話って、もう少しちゃんと考えるべきじゃないんだろうか。

だって、私たちが考えた通りなら、話は余計ちぐはぐになる。


幼い忍センパイを救ってくれた〝大人〟を、幼い忍センパイは守れなかった。

現時点での推測がすべて正しいなら、その〝大人〟は、忍センパイにとって守ってくれる相手であり、守るべき相手でもある、おかしな存在になってしまう。

なおかつ、記憶や記録に物凄《ものすご》くうるさいはずの忍センパイが、自分のルーツに関するであろうできごとを最近まで忘れていた上に、今もほとんど思い出せていない。

『一ノ瀬由奈《わたし》に報告すべき』という気味の悪い義務感を引っ張り出し、私の助言を受けなければ、記憶のタグ付けすらできなかった有様なのだ。

それって一体、どういうことだろう……

……まあ、少なくとも今考えることじゃないし、私が考えるべきことでもないか。

あ、でも、これだけは言っておかなくちゃ。

「じゃあ、もうひとつ言わせて頂きますけど」

「どうした」

「最高に気持ち悪いです。引きます」

「なんだと」

「だって、自力ではなんのことやらさっぱり思い出せなかった話を、私への義務感で無理矢理引っ張り出したってことですよね。どういう精神構造してるんですか。怖い。って言うか、やっぱり気持ち悪い。その頭蓋骨《ずがいこつ》には磁気ディスクでも詰まってるんですか。不良セクタで埋め尽くされて、オペレーティングシステムに致命的なエラーが起きてしまえばいいのに」

「これからまた運転だ。そうなれば君も道連れになるが」

「いいですよ。あの世で一生呪《のろ》い続けて差し上げます」

「恐ろしいな。できれば遠慮願いたい」

表情は相変わらずの仏頂面《ぶっちょうづら》のクセに、忍《しのぶ》センパイはどことなく上機嫌に見える。

そんな忍センパイを見て、私は何故《なぜ》か、言いようのない苛立《いらだ》ちに襲われるのであった。

◇◆◇◆◇◆◇

数時間後、お昼どき。

無事に、というか忍センパイには一切の意見具申を許さず、私の押し付けるままに服を着せ靴を履かせ買わせまくったテラスモール湘南《テラモ》の乱を終えた私たちは、鎌倉《かまくら》に到着していた。

私の極めて献身的な奮闘（手数料別）により、服の形をした布切れを纏《まと》っているだけだったファッション緊急事態男、忍センパイは、今や源頼朝《みなもとのよりとも》どころか、足利尊氏《あしかがたかうじ》に見せても恥ずかしくないほどにまともなコーディネートで全身を固めている。

……室町幕府って京都だっけ？

まあ、どうでもいいか。

それより。

「意外でしたね」

「何がだ」

「こんなところに支店があったことと、忍センパイがそれを知ってたことですよ」

私たちが入ったのは、鎌倉で最も有名であろう老舗のクレープ屋さん。

飾らないお洒落《しゃれ》っぽさと、しっかりとした生地の美味《おい》しさが魅力で、小町通《こまちどお》りのお店はいつも満員御礼、数十分待ちも珍しくないというのに。

忍《しのぶ》センパイが案内してくれた駅の裏側に、まさか別の支店があったなんて。

「クリームチーズアップルのお客様、お待たせいたしましたー」

「あ、はーい」

普段なら周りに合わせて、定番のバターシュガーかレモンシュガーを頼んでるけど、今日は誰《だれ》に気兼ねする必要もない。

大好きなクリームチーズアップルを、私は口いっぱいに頬張《ほおば》った。

パリパリ生地の間からリンゴのコンポートが飛び出して、とっても美味《おい》しいんだ。

後から出てくるクリームチーズがアクセントになって、いくらでも食べたくなっちゃう。

あぁやだこれ、すっごい美味しい……

「……そう言えば、忍センパイは何頼んだんですか?」

「ゴーダチーズバジルトマトハムと生クリームチョコバナナ」

「なんて?」

「ゴーダチーズバジルトマトハムと生クリームチョコバナナ」

聞き直したが、やっぱり聞き間違いじゃなかった。

ついでに言えば、両手にクレープ持ってた。

クレープ
クレープ

「ふたつも食べるんですか？」

「ふたつ食べたければふたつ食べる。当然の話だ」

「クレープ、お好きなんですか？」

「それほどでもない」

「ふたつも頼んでるのに？」

「嫌いではないが、毎日食べるほどではない」

「まあ、空いてるほうのお店知ってるくらいですもんね。好きじゃないわけないか」

「好きとまでは言っていない」

「はいはい」


クリームチーズアップル装備の私と、クレープ両手持ちの忍《しのぶ》センパイは、地下道を潜《くぐ》って鶴岡八幡宮《つるがおかはちまんぐう》へ通じる参道、段葛《だんかずら》のほうへと抜けていく。

週末ということもあり、人でごった返している小町通《こまちどお》りを避けた形だ。

春先なら桜や躑躅《つつじ》が美しいこの界隈《かいわい》も、二月半ばの今は、ただうら寂しい歩道である。

少し歩みを進めたところで、忍センパイが左手側を見て、ふと振り向いた。

「鳩サブレーを買って帰りたい。後で豊島屋《としまや》に寄ってもいいか」

「別にいいですけど、なんでですか？」

「パッケージ缶の収容力を御原《みはら》君に売り込まれたのがきっかけだが、中身にも興味が湧《わ》いた」

「はあ」

「明治の頃《ころ》から歴史を重ねる銘品で、シンプルかつこだわり抜いた材料だけを使用。その安全性たるや、大正時代の医博士に『離乳期の幼児食に最適』とまで言わしめたほどだ」

「忍センパイ、豊島屋からお金でも貰《もら》ってるんですか……？」

「まさか。しかしそこまで安全性を謳《うた》うなら、〝奴《やつ》〟の口に入れても安心だろう」

「あぁ……まあ、そうかもしれませんね」

今度は何言い出すのかと思ったけど、結局アリエルのためなのね。

平常運転なところを見つけて安心する半面、やっぱり何故《なぜ》か、ちょっと苛立《いらだ》つ。

……。

……あ、車道の先に人力車。

客待ちをしているのか、持ち手を地面に下ろした筋骨隆々の男の人が、両肩を回していた。

こんなに冷える中、夏真っ盛りみたいな袖《そで》無しシャツで、寒くはないんだろうか。

まあ、あんなおっきな人力車を引っ張って回ったら、逆に暑くて仕方ないのかもしれない。

だってあの人力車自体が100キロくらいとして、私と忍センパイが乗ったとするでしょ。

座席は思ったより広いみたいだけど、図体のおっきな忍センパイが隣じゃあ、私が――

「一ノ瀬《いちのせ》君」

「えッふ」

急に声を掛けられたものだから、驚いてクレープを落としそうになってしまった。

目を向ければ、クレープを食べつくした様子の忍《しのぶ》センパイがこっちを見ている。

「気になるのか」

「なんの話ですか」

「人力車だ。気にしていた様子だったが」

「気にしてませんよ。忍センパイとあんなの乗ったら、いい笑い物じゃないですか」

「何故《なぜ》一緒に乗る前提なんだ。君がひとりで乗ってくればいいじゃないか」

「その間、忍センパイはどうしてるんですか？」

「後ろを付いて歩く。俥夫との体力差があるとはいえ、空荷の俺のほうが足は速いだろう」

「……バカ言ってないでお参り行きましょう。鯉の餌《えさ》も売ってるらしいですよ」

「池の脇《わき》の売店だろう。油断すると鳩に襲われるので、十分に注意すべきだ」

「まるで経験者みたいな物言いですね」

「よく分かったな」

「恐れ入ります」

餌を買ったら忍センパイの髪の毛の中に埋め込んでやろうと決めていたけど、なんだかんだあって、結局普通に鶴岡八幡宮《つるがおかはちまんぐう》へ参拝しただけで終わってしまった。

忍センパイが縁起のいいお賽銭《さいせん》額について語っていたような気がするが、私は若干ムシャクシャしていたので、適当に財布の中の小銭をひっつかんで投げ込んでやった。

そのせいかどうかは知らないが、忍センパイはちょっと寂しそうな表情をしていた。

失礼な話だ。

まるで、話を聞かない私が悪いみたいじゃないか。

どうせ神様なんて信じてないいんだから、軽率に傷つかないで欲しいんですけど。

核シェルターみたいな精神構造してるクセに、変なトコだけナイーブなんだから。

ほんとバカみたい。

ばーかばーか。

……とはいえ、殴りっぱなしというのも、なんとなく後味が悪いので。

私は、忍センパイがこれ以上傷つかずに済むよう、お願いしておいた。

あ、私からの干渉によるものは例外で。

私からの傷つけ具合は自分で調整するから、別にお願いする必要がないのだ。

◇

◆

◇

◆

◇

◆

◇

お昼過ぎ。

私たちは鎌倉《かまくら》を出発して、本日の最終目的地、江《え》の島《しま》に到着していた。

二月中旬、クリスマスはとっくに過ぎているけど、島のそここにはイルミネーション用のLEDがまだ巻き付けられていて、日が沈んだらさぞ綺麗《きれい》にライトアップされるのだろう。

江の島に来て分かったことは、今のところそれくらいだ。

「まあ……いきなり来ていきなりなんか見つかるんなら、苦労しませんよね」

「そうだな」

私は一応予習してきた、江の島に伝わる天女伝説……〝江島縁起《えのしまえんぎ》〟を思い返す。

かつて鎌倉の深沢に棲んでいたという、厄災を招く五つ頭の龍《りゅう》、五頭龍《ごずりゅう》。

羽衣《はごろも》を纏《まと》い降臨し、五頭龍に人を護《まも》るよう諭《さと》し、夫婦となったという天女が、弁財天《べんざいてん》様。

『弁財天様が降臨したとき、共に現れた』とされる島が江の島で、江戸時代までは江島弁天《えのしまべんてん》などと呼ばれる、弁財天様を奉る神社があったらしい。

一方、人を護るうち力尽きた五頭龍は、その身を江の島が見渡せる山、片瀬山《かたせやま》に変え、愛《いと》しい弁財天様をずっと見守っているのだという。

その後いろいろあって、江島弁天は江島神社《えのしまじんじゃ》になり、奉る神様も弁財天様から別の三柱の神様に変わって、今の形に落ち着いたのだそうだ。

ということは、江の島そのものが弁財天様、イコール羽衣の天女の痕跡《こんせき》と言えるので、島のどこから手を付けて良いか分かんないという点では、実質アテがないのとおんなじだ。

とりあえず、行けるところはくまなく回りつつ、最終的に島の頂上を目指すことになった。

真面目《まじめ》に登るのはかったるいので、本当はエスカー使いたいんだけど、仕方ないか。

ちなみにエスカーとは、島の頂上付近まで登れる、有料のエスカレーターだ。

きっつい階段や参拝の人混みを回避できるし、初日の出前の深夜なんかは終夜運転もやっているので、私も何度かお世話になったことがある。

「知っているか、一ノ瀬《いちのせ》君」

「知りませんよ。なんですかいきなり」

「エスカーは日本で初めて設置された、屋外用のエスカレーターなんだが」

「それなら知ってますよ。有名な話じゃないですか」

「……日本初の有料エスカレーターでもある」

「そっちは知りませんでした。雑談へタクソ過ぎませんか」

「すまない」

「期待してませんでしたから、別にいいですよ。次はどこに行くんですか？」

「山ふたつを越え、奥津宮《おくつのみや》へ抜けよう。本当に山をふたつ越えようという話ではなく――」

「島の半分くらいの位置で地形がくびれてるから、山がふたつあるみたいだねってことで、山ふたつって呼ばれてるトコがあるんですよね。あとなんか……木を食べてた人の洞窟《どうくつ》がある」

「……随分と詳しいじゃないか」

「何回か来たことありますからね」

「ならばもうひとつ覚えておけ。木食上人《もくじきしょうにん》は山ふたつの近くで修行したという僧のことだが、木を食べていた訳ではない。米や麦などの五穀を断ち、木の実を主な食料として」

「はいはい勉強になります、ありがとうございまーす」

自分でも寒気のするくらい、白々しい茶番。

けれど、それでも私は、こんな時間に浸りたかった。


だって。

その先には、きっと何もない。


馬鹿《ばか》なことをしている、自覚はあった。

雑談交じりのドライブ。

テラスモール湘南《テラモ》。

鎌倉《かまくら》の食べ歩き。

江《え》の島《しま》散策。

私はひとつだって、真剣に取り組んでなどいなかった。

ただ、私は。

先延ばしにしたかっただけなのだ。

◇◆◇◆◇◆◇

数時間後、夕暮れ前。

島の散策が終わってしまったので、私たちは最後に、江の島の頂上を目指した。

サムなんとか植物園に入り、真っ白なイルミネーションのトンネルを抜け、忍《しのぶ》センパイ曰《いわ》く日本初の民間灯台なんだという、江の島灯台こと江の島シーキャンドルのエレベーターに乗り込み、一番上の屋外展望台へと到着する。

週末とはいえ、二月の夕暮れどきである。

そこまで風は強くないけど、何しろすごく冷えるせいか、他の観光客の姿はない。

私たちはどちらからともなく、そのへんの海しか見えない場所に並び立つ。

こうしていれば、周りはカップルとでも勘違いして、近づくのを遠慮してくれるだろう。

甚《はなは》だ不名誉な誤解、かつ吐きそうなくらい最悪の気分だが、我慢するしかあるまい。

あまり引き延ばすと、ずるずると話しづらくなってしまうだろうし。

「一ノ瀬《いちのせ》君」

せっかく、忍《しのぶ》センパイから切り出してくれるなら。

「……はい」

私もその言葉を、甘んじて受け止めねばならない。


「まずは今日までの礼を言わせてくれ。君には本当に助けられた。ありがとう」

「最初に言った通りですよ。できることしかやるつもりはありませんって」

「そうだったな」

「そして私の気持ちも、最初の頃《ころ》から変わってません」

「気持ちとは」

「なんだか楽しそうだし、実際に楽しかったから、私は忍センパイに協力したんです」

「俺の変化に倦厭《けんえん》し、窘《たしな》めたときもあったろう」

「そうですね。忍センパイが忍センパイじゃなくなっちゃったら、多分楽しくなくなるんで」

「では君から見て、今の俺はどうだ」

「変わりましたよ。すっごく」

「……そうか」

「だけど、良い変わり方です」

「区別があるのか」

「忍センパイらしい変わり方、って言えばいいのかな。アリエルにとっても、周りのみんなにとっても、望ましい変化だと思います」

「自分では分からんのに、君にはよく見えているらしいな。皮肉なことだ」

「仕方ないですよ。誰《だれ》だって自分のことが、一番見えていないものなんですから。忍センパイなんかは、特に難しいんじゃないんですか」

「どういう意味だ」

「言葉通りです」

ここまでは、いつものやり取り。

上手にできているつもりだった。

けれど。

忍センパイは遠くを見つめたまま、黙り込んでしまった。

そうなれば私も、一旦《いったん》言葉を切って。

じっと、遠くを見つめる。

夕焼けがかった空と、近い海と、ずっとずっと遠くを見つめて。

忍《しのぶ》センパイの表情を、見ないように努力する。

そして。


「俺はもう、限界だ」


私は、遠くを見つめる。

見つめ続ける。

忍センパイの表情を、見ないように。

自分の表情を、悟られないように。

少しも興味がないように、そっと尋ねる。

「限界って？」

「公務員としての俺。アリエルの庇護《ひご》者としての俺。皆に協力を求める俺。そのすべてを維持する余力が、今の俺にはもうない。日常の端々に、ぼろの出始めた自覚がある」

「……」

「一ノ瀬《いちのせ》君は、気付いていたんだろう」

「どうして、そう思うんですか」

「君が俺を見てきたように、俺も君を見てきたからだ。俺の知っている君に、俺が隠しごとをできるとは思えない。ましてや、既《すで》に俺自身が気付いているようなことを」

「忍センパイ」

「うん？」

「自分が何を言ってるか、ちゃんと理解してます？」

「無論だ。君が俺の背中を睨《にら》んだまま、追いつき追い越すため人一倍の努力を重ねて、今の自分を形作ったことぐらい、理解している。そんな君だからこそ、信頼に足る人物だと認めたからこそ、俺は頭を下げて協力を願った」

「私を巻き込んだのは偶然で、事故で、不本意だったって、言ってましたよね」

「きっかけは事故だよ。だが、最終的に君を巻き込んだのは俺の意志で、俺の罪だ」

……卑怯《ひきょう》な言い方。

だけど今は、忍センパイの言葉を遮《さえぎ》れない。

遮りたく、ない。

「君も話していたことだが、異世界エルフとの関わりには、情だ愛だでは片付かない危険が付きまとう。俺はその事実を理解してなお、君を問題に巻き込んだ。本当にすまなかった」

「白々しいですよ。環《たまき》ちゃんこそ自分の意志で、積極的に巻き込んだくせに」

「そうする他に手段はないと感じた。彼女の抱《かか》える闇《やみ》は、彼女ひとりでは抱えきれなかった。ならば誰《だれ》かが彼女に、手を差し伸べてやらねばならない」

「それが忍《しのぶ》センパイや、アリエルである必要はないんじゃないですか?」

「その質問は無意味だろう」

「……そうですね」

馬鹿《ばか》なことを言ってしまったと、私は自嘲《じちょう》する。

徹平《てっぺい》サンも言っていたし、私も理解していたはずだ。

忍センパイは、決して優しい人じゃない。

だけど、いったん救うと決めた相手を、見捨てられるような人でもない。

同じような主義主張の人間は、その辺にいくらでもいるだろうし。

同じような負担を背負い、忍センパイより上手《うま》くやる人も、探せば見つかるかもしれない。

だけど。

それに加えて忍センパイは、妥協と限度というものを、いまいち理解していない。

この厄介で不完全な完璧《かんぺき》主義者は、自分の余力も犠牲も厭《いと》わず、本気の全力を以《もっ》て、自らの周りにいる人間だけは、どんな手を使ってでも護《まも》ろうとしているのだ。

その忍センパイが、手を差し伸べるべきだと考えた相手を、他人に任せて放っておくことなど、できるだろうか。

そう。
できるわけがないのだ。

そんな忍センパイだからこそ。
今もこんなに、苦しんでいるんじゃないか。

私は、忍センパイに向き直る。
忍センパイもこちらを見たけれど、私は一切気にしない。
ようやくこの場で被《かぶ》るべき、綺麗《きれい》な仮面ができたから。

認めよう。
忍センパイやアリエルたちと過ごした時間は、本当に楽しかった。
許されるならもう少し、この奇妙な関係へ浸り続けたかったけど。
私が留《とど》まる理由はなくなり、今あるのは、私がいなくなるべき理由だけ。
だったらせめて、自分から幕を引くべきだろう。

たった一言、告げるだけでいい。

これ以上、協力は続けられないと。

だって私は、忍《しのぶ》センパイに乞《こ》われて、仕方なく協力しているのだから。

それを打ち切るべきなのは、頼んだ忍センパイじゃなくて、頼まれている私。

そんなこと、最初から分かり切っていた。

仕事が忙しいとか、プライベートが大変とか、謎《なぞ》の監視者が怖くなったとか。

理由なんて、なんでもいいから。

忍センパイからじゃなくて、私から申し出て、この関係を打ち切るべきなのだ。


だけど。

それなのに。

先に口を開いたのは、忍センパイだった。


「一ノ瀬《いちのせ》君」

「はい」

「筋を違《たが》えた話だと、十分承知しているつもりだ。だが今の俺には、君にひたすら頭を下げ、宥恕《ゆうじょ》を願う以外の選択肢がない」

「……はあ」

忍センパイの言動が不穏だ。

負担を軽減するために、私の協力を取り止《や》めにするって話のはずでしょ。

まあ、それは私が勝手に想像してただけなんだけど。

だからと言って、他の選択肢なんてあるはずない。

ましてや、私に対して、お願い？

あの、忍センパイが？？

「泊めて貰《もら》った日の夜、君は俺に、自分が必要かと訊《き》いたな。その答えを今返したい」

被《かぶ》った仮面が徒《あだ》となる。

私の動揺を察せない忍センパイは、そのままの勢いで、私に要求を突き付けた。

「一ノ瀬君、君が必要だ。これからも、君の力を貸してくれないか」

……。

……。

「……今、なんて？」

「すまない」

「いやすまないじゃなくて。何を言ったんですか、今」

「一ノ瀬《いちのせ》君、君が必要だ。これからも、君の力を貸してくれないか」

「ああ、聞き方が悪かったですね。別に一言一句再現して欲しいわけじゃないんですよ。仰《おっしゃ》られた意味が分からなかったので、もう少し詳しい解説を頂けますか」

「言葉通りだ。君の力なくして、俺は異世界エルフの面倒を見られない。『可能な限り君に頼る機会を減らす』などと嘯《うそぶ》いたそばからこの有様だ。情けない話だと自覚はしている」

「……女性が必要なら、環《たまき》ちゃんがいるでしょう。私以上に活躍してくれると思いますが」

「性別を論ずる以前に、彼女は大人が庇護《ひご》すべき未成年者だ。力を借りることはあっても、頼り任せるのは筋が違っている」

「その辺は割り切りましょうよ。私を外して楽になるメリットを考えてください」

「そんなものが存在するのか」

「するでしょう。気を使ったりご飯作ったり、謎《なぞ》の敵から守ったりしなくて済むんですよ」

「君を失う辛《つら》さに比べれば、些細《ささい》な手間だ」

「……手を引いた後も、職場での便宜は図りますし、急ぎの用事があったら協力します」

「有り難いが、それでは足りない」

「足りない、って」

「必要なのは、君の存在そのものだ」

……なんか、ちょっと、なんなんだろう。

話の方向性が、おかしくなってきてる。

私の存在は、負担だったはずでしょ。

重荷だったんじゃないんですか。

忍《しのぶ》センパイの考えていることが、さっぱり分からない。

……いや、違う。

私は、理解しているからこそ、混乱しているんだ。

掛けられるはずのない言葉を、掛けられようとしているから、私は。

「忍センパイには、義光《よしみつ》サンがいるじゃないですか」

「義光は頼りになる奴《やつ》だし、これからも俺に寄り添ってくれるだろう。しかし――」

「徹平《てっぺい》サンだって、真剣にお願いすれば戻って来てくれますよ。私なんかよりきっと――」

「一ノ瀬君」

言葉を被《かぶ》せ返した忍センパイが、じっと私の目を見つめてる。

私はそれ以上、何も言えなくなる。

「アリエルを迎えて今日まで、ずっと力を貸してくれた君の存在は、俺にとってもう特別なんだ。中田忍《なかたしのぶ》という人間性へ本質的に歩み寄り、時には精神的に殴り飛ばして俺を御し、時には同じ目線でアドバイスをくれる君に頼らなければ、俺はこの生活を続けられない」

「……」

「未成年者とはいえ女性たる御原《みはら》君を迎え、異世界エルフの身分問題が一応決着し、謎《なぞ》の監視者の存在が露見した今こそ、君を解放する最高の機会だと理解はしている」

「……」

「それでも、非礼と無理を承知で、今一度頼みたい」

「一ノ瀬《いちのせ》君、君でなくてはダメなんだ」

……。

……。

……ああ。

きっと忍センパイは、おかしくなってしまったんだ。

だって、全然理屈に合わない。
私のこと、苦手だって言ってたのに。
迷惑だって言ってたのに。
いきなり、頼りにしてる、だって。
私じゃなきゃ、ダメなんだって。
私がいるより、いないほうが辛《つら》いんだって。
何。
なんなの、もう。
忍センパイのクセに。
そんな言い方されたら。

そんな言い方、されたら。

忍センパイが私をじっと見つめて、答えを待っている。
表面上は、いつも通りの仏頂面《ぶっちょうづら》。
だけど、そうじゃないことぐらい、私には分かっている。

ううん、違う。
私だからこそ、ちゃんと理解できている。

だから。

「謹んで、お断りさせていただきます」
私は、私が言うべきことを、忍《しのぶ》センパイに正しく告げた。
そして、忍センパイは。
「……」
なんで、そこで黙っちゃうの？
いつもみたいに、言えばいいじゃない。
ふむ、って。
そうか、って。
仕方あるまい、って。
言ってよ。
どうして今日、こんなときに限って、諦《あきら》めてくれないの？

胸の奥が締め付けられる。

今日ずっと、いや、忍センパイとアリエルがうちに現れた、あの夜から。

もしかしたら、忍センパイがおかしくなり始める前から、ずっと感じていたこの痛み。

その正体が、ようやく私にも理解できた。


これは病気だ。

自分ではもう抑えられない、蕩《とろ》けそうなほどに熱を帯びた、あまりに愚かな気の迷いだ。


「理由。聞きたいですか。聞きたいですよね？　聞きたいですよね!!」

「……聞かせて貰《もら》えるのか」

「聞かないと分からないんですか？　ほんと馬鹿《ばか》じゃないですか。馬鹿な忍センパイ」

「否《いな》めない」

「否めないじゃないですよ馬鹿。よくそんな程度の国語能力で公務員に滑り込めましたね。それともなんですか？　作者の気持ちは想像できるけど、他人の気持ちは想像できないタイプの大馬鹿野郎なんでしょうか。忍センパイらしくて、ほんっと最低です」

「未知の危険に晒《さら》されながら、代償としてプライベートの時間を奪われる。君からすれば仕方なく付き合わされていた、なんらメリットのない話だ。辞めたくなるのは道理だろう」

「だからもう前提から間違ってるっつってんですよ。ねえ忍《しのぶ》センパイ、誰《だれ》が、いつ、どこで、仕方なく付き合わされてたなんて言いました？」

「そのような態度と姿勢は、何度も目にしている」

「それは表面上の話でしょうが。遠足当日の小学生だって、寝起きはイヤな顔してますよ。私は今までずっと、私自身の意志で、私ができるだけのことを協力してきたつもりです」

「しかし、頼んだのは俺だ」

「嫌《いや》ならその場で断るか、やらなきゃいいだけの話じゃないですか」

「それは優しさからの欺瞞《ぎまん》だろう。有難い話だが、どれだけ俺自身が苦しくとも、他者へ責任を背負わせる悪徳だけは、これ以上犯したくない」

「ばっ……」

ちょっとだけ、躊躇《ちゅうちょ》。

だけど、もういいや。

言っちゃおう、全部。

「…………っっっっかじゃないですか？」

「……」

「忍センパイは身勝手過ぎるんです。

なんでも自分のせいにして、なんでもひとりで背負い込んで。

他人の気持ちなんて理解できないくせに、私の気持ちまで勝手に想像して。

悩んで、苦しんで、ひとりで勝手に決めちゃって。

そんなの、辛《つら》くなるに決まってるじゃないですか。

限界だかなんだか知りませんけど、自業自得ですよ。

自分に関する話で、できる見込みのないことには、とっとと見切りを付けちゃうくせに。

なんで他人を絡めると、妥協も諦《あきら》めもかなぐり捨てて、解決するまで諦めないんですか。

その中途半端な完璧《かんぺき》主義が自分自身を苦しめてるって、まだ分からないんですか。

あろうことか自分を省みずに、助けるだの救うだの護《まも》るだの、勝手なことばっかりやって。

それでもう手が回らなくなってきたから、もうちょっと巻き込まれてくださいお願いしますってグジグジウジウジ頭下げられて、納得する人間がどこにいるって言うんですか。

それとも私なら納得しそうでしたか。

巻き込まれてくれそうだと思ったんですか。

だとしたら卑怯《ひきょう》です。

最低です。

そんな人だとは思いませんでした」

忍《しのぶ》センパイは、何も言い返せない。

いや、多分、何も言い返さないだけだ。

私が言ったことぐらい、忍センパイだって、当然に理解しているのだろう。

それでも、忍センパイは私に頭を下げた。

下げずには、いられなかったのだ。

難しいことじゃない。

忍センパイは、万物に愛を振りまくようなタイプの、優しい人間じゃない。

だけど、自分の手の届く範囲であれば、何がなんでも護《まも》ろうとする。

ただその数勘定に、自分自身を含めていないだけで。

その結末が、この有様だ。

忍センパイは、身勝手な自分がもう限界だから助けて欲しいと、私に甘えたわけじゃない。

助けるべき、護るべきと考えている周りの皆のために、為《な》すべきコトをやりきれそうにないから、手伝って欲しいと願い出てきたのだ。

その違いについて、私は正しく区別しているし、理解しているつもりだ。

だからこそ。

私には、それが許せない。

「……もういいです」

でも。

本当に、いいのだろうか。

「これ以上、忍センパイの思い通りには、させません」

すべてを口にすれば、私はもう戻れない。

今までの、興味本位の見物人として、ではなく。

私も立派な、登場人物のひとりになってしまう。

「忍センパイの望む願いに、私は一切力を貸しません」

……構うもんか。

どのみちあの日、頷《うなず》いたときから。

後戻りなんて、もうできなかったんだ。

「……い」

忍センパイの唇《くちびる》が、わずかに動きかけたので。

私はすかさず、忍センパイの顔を両手で掴《つか》む。


白い息がかかるほど間近に、目測10センチで向かい合う、私と忍センパイ。

私の経験上、この距離で異性と向かい合ったなら、次は大抵キスだったけど。

私とこの男の間に、そんな色気のある関係は、一度として生まれる兆しがなかった。

今までも、これからも。
そして、今この瞬間も。
だから。

「あなたがどうしても、ひとりで重荷を背負い続けたいって言うなら」
「自分以外の誰《だれ》かに責任を負わせることを、悪徳と呼ぶつもりなら」
「今日から私が、中田忍《あなた》の悪徳になります」

忍《しのぶ》センパイの表情は、動揺一色に染まっていた。
してやったりだ。
顔を掴《つか》む手は離さない。
離してあげない。
やり過ぎだとは思わない。
いっそ全然、足りないくらいだ。
こうでもしなきゃ〝あの〟忍センパイの奥底へ、他人の声なんて届かない。

だって。

中田忍《なかたしのぶ》の頭の中は、異世界なんだから。

「あなたに私を頼らせます。

言い訳も一切させません。

私抜きじゃ生きていけないくらい、存分に依存させてあげますよ。

南極だろうが宇宙だろうが、異世界まで逃げたって逃がしゃしませんよ。

この先あなたが生意気にもお嫁さん見つけて、幸せであったかい家庭を築いたとしても。

あなたが少しでも困ったら、私が飛んでいって、背後から脳天ひっぱたきますよ。

あなたはひとりじゃないんだって、私が一生掛けてでも、教え込んで差し上げますよ」

「……待ってくれ、一ノ瀬《いちのせ》君。君は──」

「まだ決心が付きませんか？

頼りにしてるとか言いながら、結局自分の考えが一番だとか思い続けてるんですか？

本当にトロくて浅ましい、愚かで三十路《みそじ》のボケ野郎ですね。物理的に殴りますよ」

「……」

「頼ればいいじゃないですか。

縋《すが》ればいいじゃないですか。

見返りなんていりません。

私がそうすべきだと信じただけ、全力で助けてあげますよ。

あなたが誰《だれ》かへ、そうするみたいに」

「……その言いぶりは卑怯《ひきょう》だろう」

「自覚が生まれたみたいですね。良いことです」

そう。

忍センパイが自分を顧みず無茶をするなら、私が代わりに顧みればいいのだ。

冷静に振り返ると、完全にやっちゃった感じだけど、もう仕方ないよね。

異世界エルフの保護にお熱な、異世界脳内の忍センパイだもん。

自分だけマトモなフリで関わろうなんて、ちょっと覚悟が甘過ぎた。


だから私は、最後に一言。

口に出すべきじゃないと知りながら、はっきりと伝える。

だって、そうしないと、この人は。

きっといつまでも、理解できないだろうから。


「忍センパイ」

「これ以上、心配させないでください」

◇◆◇◆◇◆◇

夕日も沈み、帰路に就いた車内。

藤沢《ふじさわ》駅のほうへ通じる国道は案の定混んでいて、渋滞を抜けるまでには暫《しばら》くかかるだろう。

じっと遠くを見据え、車を運転する忍《しのぶ》センパイの表情が、昼間よりもどこか晴れやかに見えるのは、私の傲慢《ごうまん》な錯覚なのだろうか。

……まあ、どっちでもいいや。

私はもう、中田《なかた》忍の悪徳になるって、宣言しちゃったんだから。

「いいですか。これ以降あらゆる事物に対して、ひとりで悩むのは絶対禁止です」

「いきなり内心の自由を制限されるとは思わなかったが」

「されますよ。シノブ脳は欠陥品です。憲法如《ごと》きが管理運用できるシロモノじゃありません」

「すまない。今、能動的にではないんだが、君への対応について悩んでいる」

「……あー、今晩のおかずとか報告されても鬱陶《うっとう》しいし、業務中の判断は普通に忍センパイのほうが精度高いんで、私的に特別なことを考えるときは私に相談、ぐらいでどうですか」

「承知した」

「遠慮も一切禁止です」

「それは断る」

「何故《なぜ》でしょうか」

「気遣いからの言葉だと察するが、俺にも社会人としての矜持《きょうじ》と立場がある。無軌道に君の善意へ甘えることは約束できない」

「忍センパイの都合なんて知ったこっちゃありませんよ。私はそれより何より、私への遠慮を言い訳にして、忍センパイが約束を守らない可能性のほうにムカついてるんです」

「まだ実現していない未来に、腹を立ててどうする」

「私の知ってる忍センパイなら、確実にやらかすでしょうね」

「そうまで言われてはな。では今後一切、君に遠慮はしないと約束しよう」

「絶対ですよ？」

「そういう不確かな言葉は、使わないことにしている」

「じゃあ、確かにしてくださいよ」

「君は俺の負担を減らすために、悪徳を買って出てくれたのではなかったか」

「知りませんよ。私は特別なんでしょ。だったら私は何したっていいじゃないですか」

「……善処しよう」

「あ、今何か余計なこと考えたでしょ。なんですか。言いなさい。言え」

「この間、徹平《てっぺい》たちと飲んだときのことを思い出していただけだ」

「そうですか。じゃあいいです」

別に、良かないいんだけど。

今くらいは、気持ちを脇道《わき》に逸《そ》らさず、忍《しのぶ》センパイの話を聞きたかった。

「ところで一ノ瀬《いちのせ》君」

「なんでしょう」

「今日の夕食なんだが、良ければ君を招きたいと思っている。どうだろうか」

「いいですね。でも、今日は私が作ります。運転お願いしちゃいましたし」

「しかし」

「忍センパイ？」

「……分かった。よろしく頼む」

「結構です。それで、何か食べたいものはありますか？」

「選べるならば、共に選びたい。買い物に付き合ってくれるか」

「ええ。駅前のスーパーですか？」

「そうだな。良い魚を回してくれる、馴染《なじ》みの親方がいるんだ。君にも紹介しよう」

「え、嫌《いや》ですよ。変な誤解されると恥ずかしいし」

「誤解とは」

「いいからとっとと向かってください。もう日は暮れちゃってるんですよ」
「承知した」
そうして私と忍センパイと、アリエルのお土産《みやげ》用に買った鳩サブレーを積んだレンタカーは、進んだり、止まったりしながら、ゆっくりと家路を急ぐのであった。

「一ノ瀬君」
「はい」

「ありがとう」

「……はい」

第二十九話　エルフとシンギュラリティ

江《え》の島《しま》騒動の翌日、二月十八日日曜日、午前九時五十八分。

ひとりで中田《なかた》忍《しのぶ》邸を訪れた直樹義光《なおきよしみつ》は、ひたすらに困惑していた。


ここ最近の忍の不調、あるいは疲弊しつつある状況には、義光も当然気付いていた。

同時に、中田忍の生態をもよく識《し》る義光は、ただ気遣いの言葉を掛けたり、単純に負担を肩代わりしてやるだけでは、なんら忍の助けにならないことも分かっていた。

だから義光は『せめて僕ぐらい、忍の側に付いていていてあげよう』という、極めて友情的な美しい理由から、忍に余計な気を回させないよう、敢《あ》えて突然中田忍邸を訪れたのだ。

それなのに。


「おはよう義光。耳神資料館の件では世話を掛けたな」

「お、ヨッシーおっすー。遅かったじゃん」

「あ、おはようございます直樹さん！」

ダイニングテーブルで和気藹々《あいあい》と談笑していたのは、忍と徹平《てっぺい》、環《たまき》であった。

念のため強調しておくが、ヘラヘラした態度の若月《わかつき》徹平が、談笑に加わっている。

「ちょうど良かった。直樹さん、ちょっとこれ見てもらっていいですか」

「え？　う、うん」

状況を全く理解できない義光が、とりあえず渡されたコピー用紙に目を落とすと。

●黒幕候補生
●クソ覗《のぞ》き魔
●クソチューバー
●ストーカー（達人《アデプト》クラス）
●変態地球代表
●根が陰湿
●公文書偽造職人
●《視る者《ザ・テイカー》》
●《調停者《マインドネス》》
●《空気読めないマン《ノンデリカシー》》
●あしながおじさん
●あしながおばさん
●あしなが変質者

●どうせ見てんだろ？　かかってこいよオラこのチキン野郎
●悪いようにはしない。まずは話し合おう
●パスポートのお礼に、忍《しのぶ》さんがご馳走《ちそう》してくれるそうですよ。是非いらしてください

「……何これ」

「課題乙２２４『パスポート類の送り主こと謎《なぞ》の監視者の呼称検討』です」

議事録であろうメモ書きを見るに、最初はそのための話し合いだったのかもしれないが、明らかに途中から迷走しているし、最終的に謎の監視者に向けた寄せ書きみたいになってしまっていて、義光《よしみつ》も頭を抱《かか》えるのであった。

「直樹《なおき》さんは、何かいい案ありますか？」

「……有り無しで言うと、無し、かな」

「なるほど盲点でした。〝アリエル〟さんの敵かもしれない奴《やつ》ですもんね」

環《たまき》が神妙な表情で、用紙に新たな項目を書き加える。

●ナシエル

「ごめんそうじゃなくて」

「え、こっちでした？」

●アリエナイ

「いやおかしいよね？」

「確かにな。『アリエ』の音まで被《かぶ》らせると、呼び分けに不便を生ずるのは必至だ」

「俺はナシエルのほうが好みかなー。物事を〝為《な》し得る〟みたいでカッコいいじゃん」

「アリエル《有り得る》さんと対になる、敵か味方か、謎のナシエル《為し得る》……どうですか、忍さん」

「いいだろう。今後奴のことは『ナシエル』と呼称する」

　パチパチパチパチパチ
「……え、ごめん、何、なんで急に遊んでるの？」

「あんだよ、ヨッシービビってんの？　まあそう固くなんなって」

「いや僕今、実質徹平《てっぺい》に言ってるようなものだからね？」

「ああ、まあ、この前のことはもういいじゃん」

「良くないでしょ。僕だって結構心配したんだからさ」

「いいいいんだよ」

　義光の目をしっかりと覗《のぞ》き込み、口元にだけ軽薄な笑《え》みを浮かべる徹平。

義光《よしみつ》もようやく、徹平《てっぺい》の主張を呑《の》み込んだ。

徹平の憂慮を真っ向から否定し、離脱の原因を作った女子高生、御原環《みはらたまき》。

彼女へ無用のプレッシャーを与えぬためにも、若月《わかつき》徹平は道化でいるべきだった。

「……じゃあ、それはいいけどさ。家族のほうがどうなったかは、流石《さすが》に気になるんだけど」

「……まあ、そうだよなぁ」

ばつが悪そうに呟《つぶや》き、そっぽを向く徹平。

環はちらりと忍《しのぶ》を見て、忍は目を閉じ、薄く笑った。

「早織《さおり》に、全部話したんだ」

「全部って？」

「全部は全部だよ。アリエルちゃんがいつの間にか日本国籍取得させられてて、それが誰《だれ》の仕業で、どうしてそうなったのか全然わかんねーんだって」

「……うん」

「そしたら早織、なんて言ったと思う？　『え、アリエルさん日本国籍取れたんだ。良かったねー』だってよ」

本当に可笑《おか》しそうに笑う、徹平。

「俺だって色々言ったよ。そんな簡単な話じゃねぇんだぞ、とか、国のデータベースをいじれるような奴《やつ》が、いきなりそんな真似《まね》してきたんだぞ、とか、このままじゃ俺たちにだって、何が起こるか分かんねーんだぞ、とか、色々さ」

「うん」

「けど、早織はさ。『何それ。現実にそんなこと、あるワケないじゃない』って、笑うんだよ」

「普通の反応だね」

「そんで、こうも言うんだ。『じゃあそれが全部本当だったとして、徹平君は中田《なかた》君のこと、このまま見捨てちゃうんだ？　私たちを言い訳にして、今更《いまさら》関係ないフリを始めて、自分たちだけ助かろうとか思っちゃうんだ？』ってさ」

「……」

絶句する、直樹《なおき》義光であった。

代わりに忍が、何故《なぜ》かとても偉そうな仏頂面《ぶっちょうづら》で、自分の言いたいことを言う。

「早織はすべてを承知した上で、異世界エルフ《アリエル》をただの不法在留外国人として扱っていたのかもしれんな。俺たちや徹平へ、無用の負担を掛けないように」

「分かんねーけどさ。家族にここまでの覚悟貰《もら》って、今さらイチ抜けはやっぱ違げぇよ」

「……徹平さん」

「……へへ」

何か言いたげな環を躱《かわ》すように、徹平は殊更《ことさら》大きな声を上げた。

「それにさ。色々悪口書いたけど、実はナシエルの奴も、意外といいヤツだったりしてな？」

「まあ、パスポートとかくれたのは、普通にありがたいことですよね」

「そんだけじゃなくて……ナシエルはさ。ノブにだけメッセージを送って、他のヤツらには身分証だけ送り付けてきたじゃん」

「はい」

「ナシエルはノブに、異世界エルフを世の中へ送り出す覚悟があるのか、って問うのと同時に、俺たちも篩《ふるい》にかけたんじゃねえのかな。こんな怖い思いをしてでも、ノブと異世界エルフに関わり続ける覚悟があんのかよって、わざわざ自分の正体チラつかせて、悪者扱いされるリスクまで背負って、考え直す機会をくれたんじゃ――」

「馬鹿《ばか》を言うな、徹平《てっぺい》」

「あん？」

楽しい思い付きをベラベラと語っていた徹平は、忍《しのぶ》に視線を向けたところで、刹那《せつな》固まる。

表情こそいつもの仏頂面《ぶっちょうづら》だが、相当機嫌が悪いことを、長年の経験から察したのである。

「徹平」

「お、おう」

「奴《やつ》の行動は不可解だったが、お前の推論でようやく得心が行った。ナシエルは謎《なぞ》の監督者を気取り、異世界エルフの保護に右往左往する俺たちを高みから見下ろし、せせら笑い、駒が己の気に入る動きをするか試して遊ぶ、糞餓鬼《くそがき》の如《ごと》き精神性を持った屑《くず》かもしれん」

「お、おう、そう、かもな……？」

「俺だけならばともかく、周りの人間を試すような真似《まね》をして、何が〝君の望むままに〟だ。用があるなら口で言え。ネットがあるならメッセージを書け。こちらは遊びではないんだぞ。奴の協力、せめて情報があれば、どれだけアリエルを安全に保護できたか」

「あぁ……まあ、なぁ」

「……そうだ。俺は奴の行動へ、腑に落ちん何かを感じていた。原因はそれだ。俺の言語化できない感情を、お前が形にしてくれた。ありがとう、徹平」

「どういたしまして……？」

謎の監視者改めナシエルに熱い怒りを燃やす、中田《なかた》忍であった。

本来ならもっと早い段階でブチギレていてもおかしくなかったのだが、最近の忍は少し調子を崩していたので、ここにきて怒りの感情に火が付いたのは、順調な回復の兆しと言える。

ただ、周りから見ればそんな状況は理解できなかったし、ナシエルに比較的フラットな印象を抱いている環《たまき》は忍の勢いにちょっとビビり、図らずも名付け親となってしまった直樹義光《なおきよしみつ》は、まるで自分が怒られているかのような気持ちになり、結構怯《おび》えていた。

「……お、よ、ヨッシー何ビビってんだよ、ヨッシービビってる、ヘイヘイヘイ」

「いや、えーと……そうだ、アリエルちゃんと一ノ瀬《いちのせ》さんはどうしたんだろう、って」

「アリエルちゃんは寝室で、星愛姫《ティアラ》と遊んでくれてるよ。一ノ瀬さんは――」

スーッ　カタン

「ねえ忍《しのぶ》センパ……あ、義光《よしみつ》サン。おはようございます」

和室から顔を出した由奈《ゆな》が、今気づいたかの様子で義光と会釈を交わす。

義光もナシエル問題に気を取られ過ぎ、由奈の存在を忘れていたので、おあいこである。

そして中田《なかた》忍は、普段通りの仏頂面《ぶっちょうづら》で、一ノ瀬《いちのせ》由奈へと呼びかけた。

「一ノ瀬君、課題をひとつ処理した。今後謎《なぞ》の監視者を〝ナシエル〟と呼称したい」

「へぇ。忍センパイの発案ですか？」

「いや。義光がアイデアを提供してくれた」

「あぁまぁ……義光さんのセンスも……まぁまぁですから、仕方ないですね。それより義光さん来たなら、すき焼きのお肉とか買い足したほうがいいんじゃないですか？」

「そうだな。健啖家《けんたんか》の義光を満足させるなら、今の準備では心許《こころもと》ない」

「なんでもいいですけど、私の卵四つだけは譲りませんからね」

「卵の摂取量と体内のコレステロール値増加には有為な相関が認められないという説も耳にしたが、何事も過ぎれば身体《からだ》に毒だ。せめてふたつで我慢できないか」

「えー。たっぷりの卵で食べるのが好きなんですけど、いけませんか」

「ならばせめて、最初はふたつで我慢して、適宜足す形で妥協して欲しい」

「はいはい。でも、お肉はちゃんと買い足してくださいね。できるだけ多めに」

「善処しよう」

そうして忍は買い物の身支度を始め、由奈は穏やかな表情で書類作業に戻り、一部始終を目撃した直樹《なおき》義光は、先程までが比にならないレベルの困惑に呑《の》まれていた。

的確に空気を読んだ徹平《てっぺい》と環《たまき》は、義光を連れて玄関前の廊下へと移動する。

「……徹平、御原《みはら》さん」

「おう」

「はい」

「あのふたり、なんか……優しくない？」

「事情は知らんけど、怖くて聞けない」

「昨日、鎌倉《かまくら》と江《え》の島《しま》に行って……何かあったとか……なかったとか……言ってたような」

「……付き合うことになったとか？」

「いえ。忍さんも由奈さんも、それはないって言ってました」

「……そうなんだ」

嘆息する義光。

もちろんその理由は、いっそ付き合い始めたと言われたほうが、まだ状況を素直に飲み込めるのになあと感じたためである。

「じゃあなんなのさ、あのふたり」

「そんなん〝中田忍《なかたしのぶ》と一ノ瀬由奈《いちのせゆな》〟って表現するしかねーだろ」

「そっ……」

反論しかけた義光《よしみつ》は、言葉に詰まり。

徹平《てっぺい》も環《たまき》も、それ以上は何も言えなくなって。

　カチャ

「もにょもにょうるさいですよ、どうしたの？」

「ホァ……ヨシミツ!!」

空気を読んだのか読んでいないのか、寝室から星愛姫《ティアラ》とアリエルが顔を出した。

「アリエルちゃん、おはよう。お邪魔してるよ」

「タノシー？　ウレシー？　オイシー？」

「アリエルおねえちゃん、このおへやにいないと、ゆなおねえちゃんにおこられますよ」

「アゥー」

何があったのかは知らないが、必要以上に素直なアリエルであった。

「いっしょにおべんきょうごっこだよ、アリエルおねえちゃん」

「アイ」

　パタン

再び寝室に引っ込んでしまう、星愛姫とアリエル。

もはやなんの話をしていたのかも忘れてしまったし、できれば思い出したくもなかったので、三人は誰《だれ》からともなく、リビングダイニングへ戻っていくのであった。

◇◆◇◆◇◆◇

一ノ瀬由奈の行動は、とにかく素早かった。

江《え》の島《しま》から中田忍邸に到着するや否《いな》や、忍が密《ひそ》かに作成していたという、異世界エルフ保護に関する懸念事項のリストを、実質的な実力行使で強引に接収した。

その後、忍とアリエルに夕食を振る舞い、アリエルを入浴させ、午後十時の時点で忍とアリエルを寝室に押し込み、明け方近くまでリスト内容の整理に没頭していたのである。

そんな最中、星愛姫を連れて協力再開を申し出に来た徹平と星愛姫、特に用事がなくても中田忍邸に入り浸りたい環がやってきて、順次取り込まれていった。

ここに直樹《なおき》義光が加わった今、図らずも中田忍邸には、アリエルを異世界エルフと認識するすべての人類が揃《そろ》っていることになる。

だからなんだと言われても、特に何もないのだが、ここまでの経緯を考えれば、なんとはなしに感慨深い状況なのであった。

「まあ、いろんな意味で丁度良かったです。準備できたら、こっちから呼ぶつもりでしたし」

ダイニングテーブルに着かされ、件のリストを見せられている義光《よしみつ》、徹平《てっぺい》、環《たまき》は、由奈《ゆな》の声に反応する様子も見せず、燃え残ったスチールウールのような表情でげんなりしている。

無理もあるまい。

特に作為なく、挙げられている課題を項目別に列挙すると、

◎課題甲５『異世界エルフ死亡（原因問わず）時における適切妥当な処分の指針』
◎課題甲11『国家が異世界エルフ排除を決定した場合に関する対応要領の策定』
◎課題甲24『傷病等発生時における異世界エルフの応急及び中長期的治療方法の検討』
◎課題甲35『埃《ほこり》魔法《まほう》を利用した自傷他害事案発生時の被害状況別ガイドライン』
○課題乙28『日照不足による健康被害のおそれに鑑《かんが》みた薄手カーテン架け替え』
済課題乙65『洋食文化順応を視野に入れた〝パン食〟実施の検討』【解決】
○課題乙99『運動不足による健康被害のおそれに鑑みたエアロバイク購入の検討』
○課題乙１６３『色鉛筆類といわゆるチョコスプレーの差異を教育する必要性について』
☆課題丙４『一ノ瀬《いちのせ》由奈の別居親族等に対する保護働き掛けの必要性有無』
☆課題丙９『若月《わかつき》徹平とその家族に対する保護働き掛けの範囲策定について』
☆課題丙16『御原《みはら》環の異世界エルフ訪問による学力低下に配意した対応策の検討』

大変なことになるのであった。

この調子で仔細《しさい》項目別に分類されているほか、枝番が付けられるほど検討を重ねている項目もけっこうあるので、分厚いリングファイルが既《すで》に何冊も出来上がっていた。

「甲が重大案件、乙がそれ未満の案件、丙が協力者に関する案件だそうなんですが、皆さんの率直な感想をお聞かせ願えますか？」

「甲の禍々《まがまが》しさがヤバ過ぎんだろ。ひとつだって個人で対応しきれねえぞこれ」

「乙の振れ幅が広過ぎて怖いね。重めの育児日記かな？　ほとんど解決してないのも最悪」

「丙とかすみません、ご心配は有難いんですけど、忍《しのぶ》さんに考えて頂く必要はないかもです」

仏頂面《ぶっちょうづら》の忍だったが、賛同意見は誰《だれ》からも貰《もら》えそうにない。

アリエル寝室隔離政策は、こんな情けない忍の姿をアリエルへ見せないために採られた一ノ瀬由奈的慈悲であり、若月星愛姫《ティアラ》の果たす役割は結構重大なのであった。

しかしまあ、この期に及んでも観念しないのが、中田《なかた》忍という生き方である。

「俺は俺のすべきを果たすだけだ。信義に殉ずるならそれも構わんと考えていた」

あくまで徹底抗戦の忍に対し、義光が小さな溜息《ためいき》を吐《つ》く。

由奈はその様子を、じっと黙って見つめている。

「……忍はこれ、全部やり切りたいんだよね？」

「そのつもりだ」

「アリエルちゃんと……一ノ瀬《いちのせ》さんの手を借りれば、やり切れると思う？」

「他者に責任を負わせるんだ。これまで以上の覚悟を以《もっ》て、やり切る他に道はない」

「そうだよね。だったらちゃんと周りを頼って、成功確率を上げるのも誠実じゃないの？」

「……」

「だからひとりでなんでも抱《かか》えんなって。ラノベかなんかの主人公気取りかよ」

今度は徹平《てっぺい》。

「否定はしない。人は誰《だれ》しも、己の人生の主人であるべきだ」

「言うじゃん。じゃあこっからは全員主人公《オールスター》で行こうや」

「……なんだそれは」

「もう脇《わき》役はヤメってこった。男若月《わかつき》徹平、覚悟を背負って再臨だぜ」

「あ、カッコいいですねそれ。私もそれがいいです」

気遣いかと思いきや、実際気に入った様子の環《たまき》。

当の徹平がちょっと恥ずかしそうにしていることは、一応ここで明らかにしておく。

「たっぷり甘えるのも素敵ですけど、いっしょのほうが嬉《うれ》しいともお伝えしました。なんでもお任せ、とまでは、もちろん言えないんですが、私の力も頼ってください」

環自身が元々持っていた、あるいは忍《しのぶ》が蘇《よみがえ》らせた、好奇心いっぱいのきらきらした瞳《ひとみ》で、環は忍を見つめている。

いや、環だけではない。

義光《よしみつ》が、徹平が、環が、そして殊更《ことさら》ニヤついている、一ノ瀬由奈《ゆな》が。

普段通りの仏頂面《ぶっちょうづら》に、どこか居心地の悪さを漂わせる、中田《なかた》忍を見つめていた。

「ねえねえ忍センパイ、今どんな気持ちですか？」

「気恥ずかしさで、頭がどうにかなりそうだ」

「人間みたいなクチを聞くようになりましたね。いい傾向です」

必要な栄養分を摂取し満足したかのような好い笑顔で、由奈は他の協力者を見渡す。

「それじゃ、忍センパイをたっぷりいじめたところで、打ち合わせに移りましょう。お礼の言葉を聞きたかった方は、忍センパイのオゴリの美味《おい》しいすき焼きで我慢してください」

銘々頷《うなず》く義光、徹平、環。

その理由は、これ以上忍に気恥ずかしい思いをさせたくない気持ちと、自分自身もこれ以上青臭い茶番を続けたくない気持ちと、今の由奈に逆らうと大変なことになるような気がしたので大人しく流れに身を任せようと考える気持ちなど、実に様々なのであった。

◇◆◇◆◇◆◇

それから忍たちは、たくさんのことを、長い時間をかけて話し合った。

忍《しのぶ》が重大だったりそうでなかったりする懸念を挙げる都度、真剣に頭を悩ませたり、鼻で笑ってみたり、話してみたら思ったより根の深い問題だと気付いたり、逆もあったり。

きりの良いところでお昼にしようと言いながら、これまでの断絶、わだかまりを埋めるかのような議論はとにかく白熱し、とりあえずすき焼きに火だけは入れておこうとなったのも、冬の夕日が傾き始める時刻になったような始末である。

そんな中。

「忍さん」

「なんだろうか」

「この、課題甲2『技術的特異点《シンギュラリティ》の発生にかかる危険性の検討』なんですけど」

由奈《ゆな》の言葉を借りるなら、各課題は『甲が重大案件、乙がそれ未満の案件、丙が協力者に関する案件』と規定したもので、数字は忍が思いついた順番である。

甲2ともなると、忍が最初期から懸念している、特に重要な案件ということになる。

「ちょっと待った、環《たまき》ちゃん」

すかさず鋭い割り込み《インターセプト》を掛ける、若月徹平《わかつきてっぺい》三十二歳。

「はい?」

「ノブ、まずはシンなんたらの解説よろしく」

「承知した。徹平は〝2045年問題〟という単語を耳にしたことはあるか」

「なんそれ。〝2000年問題〟じゃねえの？」

「え、2045のほうは知ってますけど、2000のほうは分かんないです」

徹平も環も首を捻《ひね》り、迷える羊が二匹に増えた。

ちなみに2000年問題とは、西暦1999年から2000年に暦が変わる際、世界中のコンピューターに予期せぬ誤作動が起こる可能性が懸念され発生した、一連の騒動である。

結果、関係機関の事前努力により大きな問題は回避され、人類は無事2000年を乗り越えているので、問題の後に生まれた十六歳の環がぴんと来ないのも、致し方あるまい。

その差異に気付いた二十六歳の一ノ瀬《いちのせ》由奈は、心なしか機嫌が悪くなったように見える。

そして忍は、不機嫌になった由奈の様子に気付いたが、早く2045年問題の知識を披露したかったので、意識的に無視した。

問題あるまい。

中田《なかた》忍は一ノ瀬由奈へ、絶対に遠慮しないと約束したのだから。

「2045年問題とは、今の技術開発の進度から見て、概《おおむ》ね2045年頃、人工知能の能力がヒトのそれを超え、『人工知能が新たな人工知能を作る』などの、飛躍的かつ予測不可能な技術革新が発生するかもしれない、という――」

「ああ、あの映画みたいになるんじゃねえかって話ね。ＡＩが人類滅ぼす的な」

「……そうだ」

徹平《てっぺい》の理解が案外早かったので、忍《しのぶ》は若干しょんぼりしていた。

なお、この隙《すき》に環《たまき》はスマホで2000年問題を検索し、ふんふん頷《うなず》いている。

「でも、アリエルちゃんとAIの技術開発って関係なくねえ？」

「その指摘は正しい。これは俺の言葉遊びのようなものなんだ」

「はぁ」

「徹平。お前はこの前の飲み会で、俺がアリエルへ言葉を教えない理由を聞いたな」

「あー、そういやなんか聞いたな。難しい会話ができなくても、生きてく上では案外困らねえから後回し、みたいな話だったっけ」

「あのときはそう答えたし、大きな要因であるのは確かだ。しかし、俺が最も恐れていたのは、アリエルが早々に言語を身に付けることで、俺の思惑《おもわく》を超えた進化に至ってしまう危険性だ。俺はそれに足るほどの言語学習を指して、便宜的に技術的特異点《シンギュラリティ》と呼称していた」

そこまで話したところで、忍は課題甲2の話をすべく、環に向き直る。

しかし環は、漏《も》れ聞こえた徹平と忍の話から、既《すで》に己の疑問を解消させていた。

「つまり、アリエルさんの言語学習を敢《あ》えて遅らせることで、与える知識の量と質を選別して、想定外のリスクに備えてるんですね」

「より詳しく言えば、読み書きだな。これをボトルネックとすることで調整を図っている」

「うーん……もう誰《だれ》でもいいや。解説よろしく」

　ここまでの流れから、女子高生の御原環《みはら》を含めた周りの人間が、全員自分より頭が良さそうだと察し、思考を放棄する徹平であった。

　流石《さすが》に気の毒なので、フォローに入る優しい友人、直樹義光《なおきよしみつ》。

「例えばさ。徹平は蚊を叩《たた》き潰《つぶ》しても、罪悪感とかはあんまりないでしょ」

「おう。むしろやったぜって気分だな」

「アリエルちゃんは同じように、自分を害する対象を軽率に殺すかもしれない。それが虫ならまだいいけど、ヒトも対象だったら危ないよね」

「いやいやいやいや。それは飛躍し過ぎだろ」

「そうとも言い切れんさ。この日本にすら、つい百年も前までは、武士に極度の無礼を働いた相手なら、殺したところで社会的に咎《とが》めを受けない〝切捨御免《きりすてごめん》〟の文化が存在した。異世界エルフの風俗が未《いま》だ不明瞭《めいりよう》である以上、そうした風習がないとも限らん」

「……そんな、大袈裟《おおげさ》な……」

「大袈裟ではない」

「……だよなぁ」

「数多《あまた》ある可能性のひとつに過ぎん。そう悲観するものでもあるまい」

「いや、そこまで考えたら、そりゃ課題のファイルも厚くなるわなって、感心してたんだよ」

「ふむ」

忍《しのぶ》の〝妥協なき意志の強さ〟が生む功罪を、改めて考えてしまう徹平《てっぺい》であった。

義光《よしみつ》も少し余分なことを言いかけたが、結局何も口には出さず、徹平への解説を続ける。

「話を戻すね。アリエルちゃんの常識がどうなのかは分からないけど、安易に人を殺すのはこの世界では避けるべきことだよって教えてあげられたら、危険はかなり減らせるよね」

「まぁ、そりゃな」

「だけど、アリエルちゃんが自由に読み書きできちゃうと、僕たちが知らないうちに、それこそ過激な本とか読んでさ。人を殺すのは悪いことじゃないんだ、って確信を深めちゃったら、大変なことになるじゃない？」

「……うへー」

徹平が天井を仰ぎ、変な声を出す。

既《すで》に問題の性質を捉《とら》えていた由奈《ゆな》と環《たまき》も、流石《さすが》に少しげんなりしていた。

「この件に関しては、徹平や早織《さおり》、星愛姫《ティアラ》の知見にも期待している。星愛姫に対する情操教育を参考に、アリエルへの倫理教育を進められれば心強い」

「マジかよ。責任重大じゃねえか」

「特別な心構えを求める話ではない。普段通り――」

「しのぶおじちゃーん!!」

「シノブ、シノブー!!」

バァン！

扉を跳ね開け、寝室で遊んでいた星愛姫とアリエルが、リビングダイニングに顔を出した。

お昼抜きで迎えた夕暮れ前、流石にお腹が空いたのかもしれない。

とりあえず名前を呼ばれたので、実の父親《てっぺい》を差し置いて星愛姫を抱き上げる忍。

「楽しそうだな。何をして遊んでいた」

「んー？　えっとねー、カキカキ？　のおべんきょう」

「お絵描《か》きか。ふたりとも上手だからな」

「しのぶおじちゃんは、おとななのにおせじがへたすぎ。おえかきならわたしより、アリエルおねーちゃんのほうがうまいにきまってるでしょ」

「そうか。素直な感想のつもりだったんだが」

「じゃあ、みるめがないですね」

ボコボコであった。

「それよりしのぶおじちゃん、みてあげてください」

「見るとは」

「アリエルおねーちゃん、ほら、ほら！」

「ハイ」

アリエルは若干もじもじしながらも、背中に隠していたノートをテーブルの上に差し出す。

また何か美味《おい》しい食事の絵でも描《か》いたのかと、忍《しのぶ》が中を覗《のぞ》き込み。

それに釣られて、周囲の大人と女子高生も覗き込んで。


誰《だれ》もが揃《そろ》って、絶句した。


「えへへー。わたしがそだてた」

「ソダテタ!!」

やむを得ないことだろう。

ノートに描かれていた〝それ〟は。

わかつきてぃあら
ありえる
なかたしのぶ
いちのせゆな
なおきよしみつ
みはらたまき
わかつきてっぺい

この場にいる、全員の名前であった。

言うまでもないことだが、その場の誰より驚愕《きょうがく》しているのは、その場の誰より驚愕していないように見えてしまう、中田《なかた》忍その人である。

「……アリエルが、これを書いたのか」

「うん。アリエルおねーちゃんは、なかなかのみこみがはやい」

「いや……いや星愛姫《ティアラ》、お前こんなに字ぃ知ってたっけか」

つい二か月前、ドラスティックな書置きに翻弄された徹平《てっぺい》が、当然の疑問を投げかける。

「お母さんがね、てがみをじょうずにかけるようになりなさいって、いっぱいおしえてくれたの。だから、アリエルおねーちゃんもいっしょに、おべんきょうしたのです」

持っていた本を誇らしげに掲げる星愛姫。

絵本だとばかり思われていたそれは、子供向けの書き方練習帳であった。

同じくドラスティックな書置きに翻弄された早織《さおり》は、しっかり対策を整えていたのである。

「……アリエル」

「ハイ！」

「カキカキして欲しいんだが」

「ハイ!!」

果たして、最も立ち直りが早かったのも、我らが中田忍《なかたしのぶ》である。

とにもかくにもまず必要なのは、正確な状況の把握であろう。

忍はアリエルに鉛筆とノートを構えさせ、告げる。

「異世界エルフの常在菌は今のところ安全です」

「フォオオオオオオオオ！！！！」

カカカカカカカカッ

「ォォォォ……アリエル!!」

ッターン!!　とばかりに、鉛筆がテーブルへ小気味良い音を立てて転がった。

もしかすると、格好を付けているのかもしれない。

かわいい。

そして、アリエルの筆致を受け止めたノートには。


いせかいえるふのじょうざいきんはいまのところあんぜんです

美麗とも言える教科書体の平仮名が、ばっちり記載されていたのであった。

第三十話　エルフと夜に咲く花

技術的特異点騒ぎ《シンギュラリティ》から二週間以上過ぎた、三月五日月曜日、午前一時三十分。

普段なら、草木もヒトも異世界エルフも、機械生命体似の中田忍《なかたしのぶ》も眠っている、真の夜中。

「シノブ」

「ああ」

中田忍邸のリビングダイニングでは、中田忍とアリエルがきっちり目を覚ましていた。

もちろん偶然ではなく、忍が入念にセッティングした結果である。


そう。

中田忍は今夜、自らの意思で、異世界エルフ《アリエル》を外の世界に連れ出す。


想定外の形とはいえ、アリエルが公的な身分を手に入れ、空を飛ぶ形で外に出てしまった上、さらに平仮名まで覚えてしまった以上、もうどんなタイミングでアリエルが外出し、他の人類に遭遇してしまわないとも限らない。

ならばせめて、忍のコントロール下で少しずつ外の世界に慣れさせ、万一の際のリスクを最小限に抑えることが今採れる最善の策だと、忍自身が判断したのだ。

初めての外出について、環《たまき》は絶対に同行すると言って譲らず随分粘ったし、他の大人たちも月曜深夜に活動する辛《つら》さ厳しさを呑《の》んでなお、同行の協力を申し出てくれたが。

人目を避けたい都合上、少人数のほうが却《かえ》って危険は少なく、なおかつ未成年女子高生の御《み》原《はら》環を連れて職務質問など受けようものなら、その引率者である忍とアリエルは青少年保護育成条例における未成年者深夜連れ回しの現行犯人として逮捕される可能性があるため、忍が単独で外出の面倒を見ることに決まった。

忍が考え、忍が決め、忍が動き、忍が解決し、忍が責任を負う。

その本質は、これまでと一切変わっていない。

だが、そこへ至るまでに施された支援や、充分以上に交わされた討議の結果、忍自身が納得し、これ以外のベストはないと確信した上で、行動を起こしているのだ。

その心強さが、忍にどれだけの安心と自信を与え、支えとなったことか。

諸々《もろもろ》の危機を乗り越え、必要な対話を果たした結果、限界の予兆など既《すで》に失せ、むしろスペックを上げた次世代型機械生命体、中田忍であった。

「準備は良いか、アリエル」

「オデカケデスナ?」

平仮名を覚えた影響か、最近とみに日本語吸収力を高めつつあるアリエルが、あまり吸収すべきでない、砕けた言い回しで忍《しのぶ》に応じた。

「その通りだ。今度こそ一緒に出掛けよう」

「イッショ!!」

むぎゅ。

すりすりすり。

ぷしゅぷしゅぷしゅ。

抱き付いて擦り付いて謎《なぞ》の気体を噴き出して、異世界エルフは欣喜雀躍《きんきじゃくやく》の様相。

しかし洗礼を受ける忍は、普段通りの仏頂面《ぶっちょうづら》を崩さなかった。

「喜ぶのは早いぞ、アリエル。まだ何も為《な》されてはいないんだ」

「イッショ、イッショ、シノブとイッショにオデカケ！！！」

忍の言葉など意にも介さず、異世界エルフはいよいよ最高潮《クライマックス》。

まあ、無理もないことだろう。

忍から見れば、確かに何も為されてはいないのだが、アリエルにとってはこの状況こそが、既《すで》に大願成就の極みなのである。

この世界に現れてから、おおよそ七日に五日の割合で孤独な時間を過ごすアリエル。

オデカケに繰り返し置いていかれ、ひとりになるサミシイを募らせてきたアリエル。

そのオデカケにイッショする日が、ついにやって来たと言うのだから。

その極大たる喜びを表現するに、覚え始めの日本語などでは、到底足りないのであった。

「まあ、いいだろう。〝寸を詘《ま》げて尺を伸《の》ぶ〟という言葉もある。外出に物怖《ものお》じされるぐらいなら、無意味に喜ばれるほうが、いくらかマシと考えればいいか」

「スンヲマゲテシャクヲノブ？」

「あれもこれもと欲張っていては、本当に為すべきことを見失ってしまう。大きな目標を達成するに当たり、些末《さまつ》な拘《こだわ》りは捨てるべきという意味だ」

「ムーン」

当然伝わるはずもなかったが、アリエルは懸命に意味を理解しようと考え込み始めたので、抱き付き攻撃が一時的に収まり、結果オーライなのであった。


そうこうするうち、スマートフォンの時刻表示は、午前一時四十五分を指す。

電車もとっくに終わり、街行く人影が絶える頃《ころ》である。

そろそろ出かけたいところだが、最大の懸念事項がまだ解決していなかった。

「アリエル」

「ハイ」

「一ノ瀬《いちのせ》君か御原《みはら》君から〝オデカケモード〟とやらについて、何か聞いてはいないか」

「ハウ」

アリエルは一瞬、忍《しのぶ》から視線を逸《そ》らし。

「オデカケモード」

ひとり寝室へ、とてとて駆けていってしまった。

かわいい。

――やはり、無理にでも確認しておくべきだったか。

今日の試験的外出を実施するに当たり、由奈《ゆな》と環《たまき》が忍に詳細を一切明かさないまま仕込んだ〝オデカケモード〟について、由奈は名前以外の何も教えてはくれなかった。

環のほうは、誠心誠意問い詰めれば少しぐらい教えてくれそうだったが、協力者への誠実を是とし、信じ頼ることを決めた忍は、敢《あ》えて追及を控えていたのである。

と。

「シノブー」

「ぬっ」

気付けば、アリエルがリビングダイニングに戻っていた。

由奈が買い与えたものか、暖かそうな黒いレギンスと、クリスマスプレゼントのニットワンピを纏《まと》い、裾《すそ》を腹の上までまくり上げ、とてとて駆け寄ってくる。

トラブルの合図《アイズ》を感知し、身構える忍だったが。

「なるほど」

「ブラジャー!!」

生乳を放り出しているのではないかと懸念されたアリエルの胸元には、淡いピンク色のブラジャーが、かっちりと装着されていた。

「これも、一ノ瀬《いちのせ》君が用立ててくれたのか」

「ユナとタマキ」

「ふむ」

「ブラジャー、ツケタラ、アイサツ、シマセン」

「ああ、そうだな」

男性の忍、ノーブラを指示され来訪した由奈、偽エルフ服の環。

アリエルが乳揉《も》み挨拶《あいさつ》を交わしてきた対象は、皆ブラジャーをつけていなかった。

羞恥《しゅうち》と謝罪の概念をまだ教えきれていない今、『ブラジャー＝乳揉み挨拶を抑制するツール』と教え込む手段が〝オデカケモード〟の全容なのだろう。

なるほど確かに上手《うま》いやり方であったし、内容を逐一忍に語るべきものでもなかった。

「よく似合っているぞ」

「アリエル!!」

曲がりなりにも三十二歳社会人男性の中田《なかた》忍は、ブラジャー程度で動揺したりはしない。

下着と洋服の境界線がまだ曖昧《あいまい》なのであろうアリエルも、大変上機嫌であった。

「それでは、遅くなり過ぎんうちに出掛けよう。俺も仕事に差し障る」

「ハイ!!」

改めて確認しておくが、今日は月曜日なので、忍《しのぶ》は実質完徹状態で出勤せねばならない。

休前日や休日の夜を選ぶ方法もあったが、忍が都合の良い夜は、他の人類にとって都合の良い夜でもあり、他人に出会う可能性が高まってしまう。

大事の前の小事をおろそかにしない、中田《なかた》忍である。

さっきまでの方針と真逆のようだが、場面場面で自分が最も良いと考えた選択を行うことこそ中田忍の美点かつ欠点と言えるので、今更《いまさら》考えても仕方ないのであった。

◇　◆　◇　◆　◇　◆　◇

忍と異世界《アリエル》エルフの往《ゆ》く、真夜中の住宅街。

立地の関係もあり、道路の勾配《こうばい》は殺人的で、低層のマンションと一戸建てが立ち並び、月明かりと街灯が照らす道行きは、雲の流れる音を聞くほどに静謐《せいひつ》であった。

無論アリエルの右手は、忍がしっかりと握りしめている。

主な目的は荒熊惨殺砲《アリエルさんビーム》の誤発射抑止と、アリエルの不安を除いてやることなのだが。

「オデカケ、イッショ、シノブと、イッショ」

少なくとも不安のほうは、忍が懸念するほど大事に至っていないらしい。

「そんなに楽しいか、アリエル」

「ハイ!!」

「あまり大きな声を出すなよ。近所迷惑だからな」

「キンジョメイワク?」

「小声で話せと言うことだ」

忍は少しだけ考え、そっとアリエルに顔を寄せ、小さな声で語りかける。

「このくらいで」

「コノクライ?」

「そう。これが小声だ」

「コゴエ、イケテル」

自らも忍に顔を寄せ、嬉《うれ》しそうに応《こた》えるアリエルであった。

かわいい。

「シノブ、シノブ」

「どうした」

「オデカケ、オデカケ」

「……厳密に言えばこの行為は、オデカケに連なる概念の一類型でしかない」

「チンプンカンプン」

「オデカケのうち、比較的負担のない、娯楽寄りのフィールドワークに分類される行為で」

「チンプンカンプン！」

「……これはオデカケでもあるが、俺たちはこの行為を散歩と呼んでいる」

「サンポ」

「明確な到達地点を設定せず、あるいは無目的に、自らの拠点付近を逍遥《しょうよう》することだ。ローリスクかつローコストに健康増進などの利得が得られるため、ヒトの特定層が好んで行う」

忍《しのぶ》はあくまでアリエルに人間社会の常識を教えているつもりだったが、かような覚悟を持って散歩に臨んでいるヒトが、果たして何人いることだろうか。

他人が聞けば物議を醸《かも》しかねない状況であったが、ここには忍とアリエルしかいなかった。

「サンポは、タノシー」

「そうだろうか」

「シノブとイッショ、タノシー」

「家でも同じだろう」

「タノシー」

「ふむ」

やはり異世界エルフの考えは分からんとばかりに、忍が歩みだそうとしたところで。

アリエルが、より一層忍の耳元に、可憐《かれん》な唇《くちびる》を近付けて。

小さな、小さな声で、語りかける。

「シノブは、タノシー？」

「……ああ。悪くない」

◇◆◇◆◇◆◇

二十分ほど付近をぶらついた後、忍とアリエルは小さな公園へと到着していた。

家から真《ま》っ直《す》ぐ向かえば十分ほど、遊具や砂場、ベンチに街灯、小さな広場もあり、異世界エルフの公園デビューに適切な雰囲気の公園として、目的地に選定したのだが。

「やはり、まだ早かったたな」

「ハヤカッタ？」

「気にするな、こちらの話だ」

広場の隅に植えられた、立派なソメイヨシノの幹に触れながら、忍が仏頂面《ぶっちょうづら》で呟《つぶや》く。

三月初頭ということもあり、枝先は小さな蕾《つぼみ》ばかりで、未《いま》だ花の一輪も咲いてはいない。

「これは桜と呼ばれる植物の樹だ。たいていの人類、特に日本人は、桜の花を好む」

「オイシー？」

「実がなるようだし、虫や鳥が食べるのをたまに見かけるが、ヒトが食べたという話は聞かないな。察するに、美味《うま》くはないのだろう」

「ムーン？」

オイシー以外に植物の存在価値があるのですか、とでも問いたげなアリエル。

もちろん忍《しのぶ》とて、ソメイヨシノの無価値をアリエルに教え込みたかったわけではない。

「桜の花は綺麗《きれい》で、ひどく儚《はかな》い。故《ゆえ》に、ヒトの心を惹《ひ》き付けて止《や》まんのだろう」

「キレイ？」

「ああ」

「シノブはニンゲンで、ヒトで、ジンルイ？」

「そうだな」

「ジンルイは、サクラ、だいすき。シノブは、サクラ、だいすき」

「そう……いや、少し待てアリエル」

刹那《せつな》の油断。

忍が気付いたときには、既《すで》にアリエルは地面へとしゃがみ込んで、握られていない左手をソメイヨシノの根に這《は》わせていた。

「ちっ……!!」

忍はアリエルの右手を離し、知恵の歯車を猛回転させる。

懐から『止』カードを抜くべきか、言葉で制止を図るべきか、刹那の逡巡《しゅんじゅん》。

その隙《すき》を見たわけでもあるまいが、アリエルは両手で桜の根を包み込み。

「サクラを、ソダテル!!」

　グ　グ　グ　グ　グ　グ　グ　グ　グ　グ

　ブワァアアアアアアアアア!!!

「……遅かったか」

「ソダテタ!!」

次々と膨らむ蕾《つぼみ》、満開の花弁、一足飛びに舞う桜吹雪《ふぶき》。

日本最速、ソメイヨシノの開花宣言が、中田《なかた》忍の目の前で行われたのである。

忍は肩を落とし、アリエルはブラジャーで補正されたご立派な胸を大いに張っていた。

「シノブ、サクラはキレイ?」

「……ああ、綺麗《きれい》だな」

「サクラは、キレイ！」

とてとて駆けだし、桜吹雪《ふぶき》を捕まえようと、子供のように飛び回るアリエル。

かわいい。

……と言い切るには少々物騒というか、あまりかわいい感じではなかった。

アリエルは、まるでプロボクサーのように敏速、かつ正確な動作で、目の前の桜吹雪を一枚一枚正確に摘《つま》み取り、掌《てのひら》の内に貯め込んでいた。

「アリエル。桜の花びらは食べられなくもないが、食べて健康に良いものでもないぞ」

「オイシー」

「風呂《ふろ》に浮かべるぐらいで我慢して、今はこちらを食べなさい」

「ウー？」

忍《しのぶ》は近くのベンチに腰掛け、抱《かか》えていたバッグから小さな弁当箱を取り出した。

「くどいようだが、今日は平日だ。あまり長居はできんが、一足早いお花見としよう」

「オハナミ!!」

花びらの山を抱えたまま、いそいそと近づいてくるアリエル。

忍はおにぎりのラップを剝《は》がしながら、桜の始末に思いを馳《は》せるのだった。

◇◆◇◆◇◆◇

アリエルが〝ソダテタ〟桜は、その蕾《つぼみ》をあまねく開かせ、未《いま》だ花びらを散らせている。

桜を知らないアリエルが計算したとは考え辛《づら》いが、舞い散る花びらは夜闇《よやみ》に舞い溶け、ひどく幻想的な雰囲気を醸《かも》し出していた。

弁当を食べ終わり、片付けも済んで、今すぐ帰れば多少は仮眠も取れるだろう。

それでも、何故《なぜ》だろうか。

忍は、ベンチから立ち上がる気になれなかった。

「シノブ」

小さな、とても小さな声で、アリエルが忍へと語り掛ける。

「……ああ、すまない。そろそろ帰ろうか、アリエル」

「オコトワリシマス」

「ふむ」

ぼうっと桜を見上げていた忍が、アリエルへ顔を向けると。

アリエルもまた、忍の顔をじっと見上げていた。


さて。

謎《なぞ》の異世界エルフ改め、謎の力により日本国籍を取得したと思われる、本日この夜自らの足で現代社会デビューを果たした異世界エルフ、河合《かわい》アリエル（戸籍上の仮名）である。

実のところ彼女は最近、ずっとフラストレーションを溜《た》め込んでいたのだ。


少し前まで、だいすきなシノブがずっと怖い顔をしていたので、とてもシンパイだった。

タマキが遊んでくれるようになったし、アリエルがタノシー感じでいると喜んでくれるので、なるべくタノシーを維持するように心掛けていたが、やっぱりどこか落ち着かない。

ユナが遊びにくることも少なくなったし、アリエルはずっとムーンだったのだ。

けれどいつのまにか、シノブがずいぶんタノシーになるようになった。

ヨシミツやテッペーも遊んでくれるようになって、言葉も色々教えてくれるようになった。

だが、これではいけないと、アリエルは思うのだ。

タマキを連れてくる前、シノブはとてもカナシーになっていた。

アリエルもカナシーをしたけれど、多分そのおかげで、シノブをウレシーにできたのだ。

アリエルは、もっとそれをしたかった。

ウレシーを貰《もら》い、眺めるだけの存在には、なりたくなかった。

どうすればいいだろうか。

どうすればアリエルは、もっとみんなに、タノシーを作れるだろうか。

知りたい。

アリエルは、どうしてもそれが、知りたかった。


だから。


「シノブ」

「なんだ」

「アリエルは、タノシー、イッパイ、ウレシー」

「ああ」

「アリエルが、シノブと、オデカケ、タノシー、ウレシー、イッショ」

「……ああ」

「アリエルは、タノシー、イッパイ、ソダテル、ウレシー」

「……」

「ムーン？　ムーン？　ムーン？」

「……」

忍《しのぶ》は、暫《しば》し思案する。

正直な話、今のアリエルが忍に何を伝えたいのか、忍からすればさっぱり分からない。

かと言って、表層的な言葉を浚《さら》い、分かったフリを装う真似《まね》が、忍に許せるはずもない。

故《ゆえ》に忍は、どっしりと腰を据え、前提の前提まで戻って話を始めることにした。

「アリエル。今のお前が抱く感情は、『ムーン？』の一言で片付くものではない」

「……デハナイ」

「それは〝ナンデ〟という概念だ」

「ナンデ！！！！！！！！！」

どこか不安そうだったアリエルの表情が、大輪の花のようにぱっと明るくなり。

「シノブ！　シノブサミシイ！　アリエルシンパイ！　ナンデ！　ナンデ!!　ナンデ!!!!!」

物凄《ものすご》い勢いで、忍を問い詰めるのであった。

「落ち着けアリエル。俺は今寂しくない」

「ナンデ!!!!!!!!!!!!!」

「……一ノ瀬《いちのせ》君や、皆の協力を」

「アリエル!!!!!!!!!!!!!」

「そうだな。お前の存在と助力も、もちろんその一因だ。ありがとう、アリエル」

「アリガトー!!!!!!!!!!」

ぎゅむ。

すりすりすりすり。

あまりの迫力と圧倒的勢いに、もはや忍は為《な》されるがままであった。

真夜中の上に桜も咲きっぱなしなので、できれば声だけは小さくして欲しかったが、この興奮度合いではそれを伝えるのも難しいだろう。

さてどうしたものかと、忍が言葉を探していると。

「……シノブ」

アリエルの声量と勢いが、ふと弱まり。

抱き付かれた身体《からだ》越しに伝わる、アリエルの小さな震え。

「……今度は、どうした」

「シノブは……アリエルのナンデを……ナンデ？」

意味不明。

されどアリエルは、どこまでも真剣で。

「シノブは……アリエルのナンデをナンデナンデ……アリエルを、ソダテル？」

「……もう少し、詳しく頼めるか」

「シノブは、アリエルのカキカキをナンデ、アリエルを、ナンデ、イケテル」

忍の知恵の歯車が、高速で回転する。

ここで答えを導き出せなければ、忍《しのぶ》が中田忍《なかた》である意味などない。

アリエルの本気の問い掛けに、応《こた》えてやれないというのなら。

「……お前が俺たちに疑問を伝えやすくするため、言葉を教えたと考えているのか」

「ビミョー」

「では、俺がお前から何かを聞き出すために、言葉を教えたと考えているのか」

「ハイ」

「……ならば、ここで言う〝カキカキ〟とは、お前の過去を描《か》いたイラストの話か」

「……ハイ」

答えを受け、内心舌を巻く忍である。

やはり異世界エルフの知能は、忍が考えていた通り、あるいはそれ以上に高い。

アリエルは、異世界エルフの出自や生態に忍たち人類が興味を持っていること、あるいは把握する必要があると考えていることを察し、アリエル自身からそれを聞き出すべく言語教育を行っている可能性を、正しく理解しているのだ。

そしてそれは、まったくの的外れというわけではない。

「……」

忍の胸に去来する、アリエルの描いた〝過去のイラスト〟。

真っ白な空間にひとりうずくまる、孤独なアリエル。

そこは本当に、アリエルの還《かえ》るべき場所であったのか。

――〝君の望むままに〟。

――気に食わん奴《やつ》の言葉だが、目を逸《そ》らすわけにもいくまい。

――結局のところ、アリエルをこの先どう導くかは、俺の選択次第なのだ。

一度手を離しかけたとはいえ、再び立つ力を取り戻した以上、今度こそアリエルに幸せな自立の道を開いてやらねばならないと、忍は新たに決意を固めていた。

そのためならば、アリエルの過去を暴《あば》く悪徳にも、いずれ手を染めねばならないのだろう。

そしていつかは、忍自身の納得できる形で、アリエルを送り出すことになるのだろう。

アリエルが曲がりなりにも公的な身分を備え、言語や文化の学習を始めた以上、その日は決して遠くないはずだ。

だが。

今は。

「アリエル」

「……ハイ」

忍はアリエルの両肩に手を掛け、そっと身体《からだ》を離す。

アリエルも素直に応じたので、ふたりはベンチへと座り直した。

「お前の考えを否定はしない。いずれ、それを聞くときも来るのだろう」

「……」

「だが今くらいは、この桜を楽しもう」

「サクラを、タノシー?」

「ああ。お前の咲かせてくれた、綺麗《きれい》な桜だ」

「サクラ、キレイ」

「そうだ。ありがとう、アリエル」

「……アリガトー、シノブ?」

「うむ」

——そう。

——少しばかり早咲きだろうが、いずれ舞い散る儚《はかな》い桜だ。

——ならばせめて、散りゆくまでの暇《いとま》くらいは。

——共に眺めたところで、罰《ばち》など当たるまい。

優しい欺瞞《ぎまん》は、果たして誰《だれ》を騙《だま》すためのものなのか。

答えなど、忍《しのぶ》自身にも分からない。

ただそれからは、忍もアリエルも、言葉をなくして。

未《いま》だ肌寒い三月上旬の真夜中、どちらからともなく、手を重ね合わせたまま。

お互いが飽きるまでずっと、闇《やみ》夜に舞う桜吹雪《ふぶき》を、見上げ続けるのであった。

あとがき

自分にとって『まだ会ったことのない人』『暫《しばら》く会わずにいる人』『もう会えない人』と、『フィクションの世界にしかいない人』の間に、どれだけの差があるのだろうと考えます。

自分自身が線を引かない限り、多分そこに違いなんてなくて、もう会えない人の大切な言葉を振り返るように、次元の向こう側に住む人々の信念や生きざまが、現実を生きる誰《だれ》かの胸の内を変えてもいいのだと、私は本気で信じています。

だから、という訳でもないのですが、『中田忍《なかたしのぶ》』という作品の根底には『もしかして：現実』的雰囲気を感じて貰《もら》えるような仕掛けを、意識して盛り込んでいます。

たとえば、キャラクターの名前を現実にいてもおかしくない感じに揃《そろ》えてみたり、巻き起こる騒動も極力世間を大騒ぎさせないようなミニマムに抑えてみたり（ここまでの話です。今後はちょっと分かりませんが）。

そして物語の舞台も、どこか現実を匂《にお》わせるようなものに設定しています。

そろそろ隠し切れないので白状しますが、『公務員、中田忍の悪徳』の舞台は神奈川県です。

一巻で忍の乗った地下鉄（横浜市営地下鉄ブルーライン）から始まり、二巻の料亭へ登場した大山《おおやま》豆腐、三巻で忍が環《たまき》の家から帰る際に鳴ったドレミファインバータ（京急線《けいきゅう》）に、これまたド直球の県民の誇り、かつ伝統の鎌倉《かまくら》銘菓である豊島屋《としまや》の鳩《はと》サブレーなどなど、匂わせる要素はいくつも鏤《ちりば》めていたのですが、地名まで出したらもう言い逃れできませんね。

閑話休題。

私にとって忍たちは『自分の生み出したキャラクター』というより『独立した人格としてこの世のどこかに実在しているところ、私がその人生を勝手に切り取って小説の形へ仕立てているに過ぎない』という立ち位置なので、執筆中もなかなかこちらの思い通り動いて貰えませんし、放っておくと勝手にストーリーが出来上がってゆきます。

本作執筆のために、モチーフとした場所を訪れて取材したときも『ムッ、ここで忍はサーモンを買ったんだな』とか『オッ、ここで忍にカレーパン食べて欲しかったな』とか『ンッ、ここで桜を咲かせたんだな』とか、完全にファン目線で妄想しています。

読者の皆様も、文脈から聖地的なものを察された際は、先方に御迷惑のかからぬよう、心の中で『アッ、ここが例のヒメゴトの開催現場かな』などと楽しんで頂ければ幸いです。

四巻発刊に当たり、お力添えくださった皆様に、この場を借りて心より感謝申し上げます。

技術的特異点《シンギュラリティ》がもたらす極大の変化、そして明かされる、異世界エルフの正体とは……？

そんな五巻を書きたいと言ったら、担当編集氏が今の時点で続刊ＧＯを出してくれました。

確かに彼は大のアリエルファンなのですが、こうも判断が早くなるものなのでしょうか。

何はともあれ、せっかく勝ち得た大チャンス。

文字通り、存分に生かし切ってやろうと思います。

それではまた、次の悪徳でお会いしましょう。

二〇二二年　七月某日　立川《たちかわ》 浦々《うらうら》

立川浦々の
Twitter

『公務員、
中田忍の悪徳』
半公式Web
出張所

※本作に登場する、生活保護制度に関する諸描写に関しては、現実のそれを参考としながらも必ずしも現実には即さない、完全なるフィクションです。

現行の制度下で勤務する職員の皆様、生活保護受給者の皆様、それを取り巻く環境、諸団体の皆様を含めた、あらゆる人種、思想、信条、その他尊厳を害する意図は、一切ありません。

読者の皆様におかれましても、本作を通じ本邦の福祉に興味を持たれたならば、是非ご自身でその現実を調べ、知って頂き、それぞれの〝正解〟を見出《みいだ》して頂けるよう、切に願います。

GAGAGA

ガガガ文庫

公務員、中田忍の悪徳4

立川浦々

発行　2022年8月23日　初版第1刷発行

発行人　鳥光 裕

編集人　星野博規

編集　濱田廣幸

発行所　株式会社小学館
〒101-8001 東京都千代田区一ツ橋2-3-1
［編集］03-3230-9343　［販売］03-5281-3556

カバー印刷　株式会社美松堂

印刷・製本　図書印刷株式会社

©URAURA TACHIKAWA　2022

Printed in Japan　ISBN978-4-09-453084-1

造本には十分注意しておりますが、万一、落丁・乱丁などの不良品がありましたら、「制作局コールセンター」（0120-336-340）あてにお送り下さい。送料小社負担にてお取り替えいたします。（電話受付は土・日・祝休日を除く9:30～17:30までになります）
本書の無断での複製、転載、複写（コピー）、スキャン、デジタル化、上演、放送等の二次利用、翻案等は、著作権法上の例外を除き禁じられています。
本書の電子データ化などの無断複製は著作権法上の例外を除き禁じられています。代行業者等の第三者による本書の電子的複製も認められておりません。

ガガガ文庫webアンケートにご協力ください

毎月5名様　図書カードプレゼント!

読者アンケートにお答えいただいた方の中から抽選で毎月5名様にガガガ文庫特製図書カード500円分を贈呈いたします。

http://e.sgkm.jp/453084　応募はこちらから▶

（公務員、中田忍の悪徳　4）